ZONNEGLOREN

Deze verhalenbundel krijg je cadeau van je boekverkoper ter gelegenheid van Zomerlezen 2022.

Zonnegloren

De mooiste verhalen
gekozen door
Matthijs van Nieuwkerk

Stichting Collectieve
Propaganda van het
Nederlandse Boek

Een uitgave van Stichting CPNB
Boekverzorging Moker Ontwerp i.s.m. Wonderwerk
Omslagbeeld Les Anderson
Auteursfoto Maikel Thijssen
Druk GGP Media GmbH

ISBN 978 90 5965 856 1
NUR 303

www.cpnb.nl
www.zomerlezen.nl

#ZOMERLEZEN

MIX
Papier van verantwoorde herkomst
FSC® C014496
FSC www.fsc.org

Inhoud

Vooraf

Matthijs van Nieuwkerk

Het klonk als een eervol vakantiebaantje. Een bundel met mijn favoriete korte verhalen samenstellen voor de zomerlezer. Reusachtige oplage bovendien. Ja! Graag! Maar op het moment dat ik de telefoon neerleg, begint het grote gesodemieter. Het mogen maximaal maar zo'n acht à negen verhalen zijn. In plaats van een stralende zon wenkte er een branding van onmogelijke keuzes. Overleeft treinreiziger Bob den Uyl dan wel de *cut*? Of krachtpatser Jan Wolkers? Of mijn nieuwe held Maxim Osipov? Ik vreesde het ergste.

Na een beetje bakkeleien over de spelregels – internationaal, nationaal, jong, oud, debutanten? – spraken we af: één internationale schrijver en de overige Nederlandstalig. Liefst ook een aantal uit de jongere en jongste generatie.

Aan de slag.

Omdat ik mijn leven al zo'n vijftig jaar veilig opberg in lijstjes, toverde ik om te beginnen in een handomdraai mijn Top 5 Korte Verhalenschrijvers tevoorschijn: Anton Tsjechov, Alice Munro, Tobias Wolff, Guy de Maupassant en Maarten Biesheuvel. Alice Munro kwam er als laatste bij. Ik had er nota bene de Nobelprijs voor Literatuur in 2013 voor nodig om haar genius te ontdekken. Geen beste beurt. Maar dit terzijde.

Biesheuvel moet! Uiteraard. Onze allerbeste. Ik koos voor het verhaal 'Het wonder.' Openingszin: 'Vader; je bent nu dood, maar deze geschiedenis herinner je je nog wel: Het was een wonderschone dag toen jij en ik op stap; op vakantie gingen.' Een zin om elke dag mee te trouwen.

Dan: welke buitenlandse schrijver? Het werd Tobias Wolff met 'Kogel door het hoofd', doodeenvoudig omdat ik dit verhaal het meest herlezen heb. Dit is niet het moment om een deftig opstel over het Korte Verhaal te ontsteken – u ligt hoop ik onder een parasol in de luie zon – dus ik hou het bij deze notitie: het korte verhaal staat (vaak) dichter bij de poëzie dan bij de roman. De fantasie van de lezer krijgt veel ruimte en vrijheid. Om met Harry Mulisch te spreken: het raadsel wordt in het korte verhaal nogal eens vergroot. Lees 'Kogel door het hoofd' – het blaast je van je sokken.

Wie het raadsel niet vergroot is Heleen van Royen. Geen enkel bezwaar. Zelf twijfelt ze. De eerste zin in haar prachtige verhalenbundel *Moeder, dochter, minnares* is nota bene de volgende: 'Laat ik vooropstellen dat ik me nooit schrijver heb gevoeld.' Een echte schrijver is volgens Van Royen Harry Mulisch: 'De man met de pijp, de grote denker.' Ik heb dat knikje door de knieën nooit begrepen. Is het een verlegen hand naar de boekenwegers? Het gilde dat haar tot nu toe vooral een ijskoude schouder gaf? Ik koos voor 'De dag dat ik mijn vader en mijn moeder begroef.' Even kristalhelder als hartverscheurend.

Twee schrijvers die zeker niet mochten ontbreken zijn mijn oude vriend Martin Bril en mijn oude buurman in de Achterhoek A.L. Snijders. Twee te vroeg overleden grootmeesters van de korte baan. Ik koos voor het verhaal 'Bosrand' van Martin, die natuurlijk veel eerder een grotestadschroniqueur was dan een wanderlustige natuurbeschrijver, maar omdat ikzelf al vijftien jaar aan een bosrand woon en alle dagen tuur of ik tussen de bomen iets zie bewegen, is dit mijn all time favorite. Ach, Martin schreef zo allemachtig goed. Lees nou: 'Terug naar de bosrand. Wat verwacht ik daar nou van? Niets eigenlijk. Maar het niets van de bosrand is nooit lang niets, althans; voor het geoefend oog.'

A.L. Snijders is de uitvinder van het ZKV, het Zeer Korte Verhaal. We kwamen elkaar tegen in De Hoofdige Boer, een herberg in Almen waar we allebei dichtbij woonden. Een weergaloze miniaturist was hij. Zijn plotselinge dood werd me verteld door een noabuur die er zeven uur 's ochtends op zijn fiets mijn erf voor opreed. We keken zwijgend naar de bosrand. Er was een grote Achterhoeker doodgegaan.

Moet ik nu eigenlijk alle verhalen stuk voor stuk behandelen vraag ik me af. Is het niet beter je gewoon te laten verrassen, zoals ik in 1976 verrast werd door een late debutant met de naam F.B. Hotz. Een jazztrombonist, die een verhalenbundel publiceerde met de titel *Dood weermiddel*, en twee jaar later volgde de bundel *Ernstvuurwerk*. Merkwaardige titels, zeker, maar het korte verhaal had er ineens een reus bij. Maar reus of geen reus, we waren hem eerlijk gezegd toch al een beetje aan het vergeten toen Aleid Truijens, godlof, in 2011 een schitterende biografie over hem publiceerde. F.B. Hotz mag nooit vergeten worden. Lees 'De tramrace', dan weet je waarom.

En over verrassen gesproken. Ik wist niet wat ik nou precies gelezen had toen ik 'Je vader noemt haar Katya' van Valentijn Hoogenkamp uit had. Ik begon direct opnieuw. En daarna nog een keer. Een regelrechte hit wat mij betreft. Welke wereld is dit? Wie is Katya? Ik weet er inmiddels iets meer van, maar verklap niks. Mysterieus, geweldig proza.

Simone Atangana Bekono is de jongste schrijver in deze bundel. 'Nec mergitur' is een verhaal over een vrouw die in haar nieuwe huis bij toeval een opgerold schilderij ontdekt. Een doek dat blijft spoken. Dit is het korte verhaal op zijn allerbest: je jaagt als lezer op de betekenis, de schrijver lokt je, verleidt je, maar geeft je het antwoord niet. Dat mag je zelf geven.

'Vrouw' van Chris Polanen is een van de beste verhalen die ik ooit las over een man die door zijn vrouw betrapt is met zijn buitenvrouw. Polanen ontleedt het overspel als een chirurg, zenuw na zenuw. Spannend tot de laatste zin.

De titel van deze bundel is *Zonnegloren*. Met plezier ontleend aan 'De dag van Zonnegloren' van Margriet de Moor. Liefde in tijden van dementie. Deze weergaloze klassieker uit onze literatuur kon onmogelijk ontbreken.

Zo! Het is dan toch gelukt, ik zal u de schaafwonden en kneuzingen van de onvermijdelijke pijnlijke omissies besparen; nu presenteer ik vooral met trots deze tien stuk voor stuk geweldige verhalen. Dank voor de eervolle opdracht. En lees na deze bundel vooral door.

Maar voor nu, een fijne zomer!

Matthijs van Nieuwkerk

Bosrand

Martin Bril

Wat ik mis, is een bosrand. Dat schoot me gisteren te binnen toen ik E.B. White's *One Man's Meat* zat te lezen...

Eens in de zoveel tijd haal ik het boek uit de kast tevoorschijn en blader ik het door. Ik heb er diverse edities van; een paar recente, eentje van twintig jaar geleden, eentje uit 1944, gedrukt op een soort wc-papier, omdat papier in de oorlogsjaren schaars was. In die laatste editie bladerde ik.

Wat moet een man met een bosrand, hoor ik u vragen. Welnu: je kunt naar een bosrand kijken. Een bosrand is interessanter dan achterburen. Er kan altijd iets gebeuren in een bosrand.

Een ree komt tevoorschijn en zet voorzichtig een paar passen in het berijpte grasveld. Nog een ree komt tevoorschijn uit de kale bosrand. Twee reeën zijn mooier dan één ree, vind ik. Het mooiste vind ik de verlegenheid van die dieren.

Tot ze schrikken.

Eenmaal geschrokken, valt hun schroom onmiddellijk van ze af en maken ze zich beslist uit de voeten. De voorzichtigheid van hun voetstappen verandert ineens in grote trefzekerheid. Dansend verdwijnen ze de bosrand in.

De bosrand moet niet te ver weg zijn. Ik ben slecht in het schatten van afstanden, maar honderd meter lijkt me mooi genoeg. Ik stel me zo voor dat ik door een vrij klein raam zicht heb op de bosrand. In de vensterbank staat een verrekijker. Een werktafel staat tegen het raam geschoven. Ik kan zo lang ik wil naar de bosrand staren en net doen alsof ik zit te werken. Ik hoop dat er ook een open haard in de kamer is. Een zacht knetterend vuur. Is het aanmaakhout op, dan moet ik te voet naar de bosrand en op zoek naar takken en twijgen.

Fantaseren over het platteland is misschien nog wel mooier dan wonen op het platteland, denk ik wel eens. Waar zou ik mijn bosrand willen situeren? In Drenthe? In Twente? In Brabant? In de buurt van Vierhouten op de Veluwe? In Limburg? Dat weet ik niet. De ene bosrand is de andere niet, maar toch lijken ze allemaal op elkaar.

Er kan een vos tevoorschijn komen die het op mijn kippen heeft voorzien. Vossen zijn vooral actief in de hele vroege ochtend en 's avonds bij zonsondergang. Het zijn mooie dieren, maar na een paar geroofde kippen, verlies je het oog voor hun schoonheid. Dan moet de vos geschoten worden.

Ook zou ik graag een moestuin hebben, het liefst in het blikveld richting bosrand. Niet dat ik mezelf actief bezig zie in een moestuin, maar toch. Tomaten, bonen, uien, boerenkool, het zijn van die dingen die een man zelf moet verbouwen. Lekker schoffelen met een strohoed op, zo zie ik de zomermiddag voor me. En bij zonsondergang de tuinslang er op.

Terug naar de bosrand.

Wat verwacht ik daar nou van? Niets eigenlijk. Maar het niets van een bosrand is nooit lang niets, althans: voor het geoefende oog. En ik oefen mijn oog met plezier; ik zie graag steeds meer, en wil overal het stempel van de taal op drukken. Dat is het werk van de schrijver. Alles verdient een naam, dan pas gaat het echt leven. Ooh ja, een waslijn met bevroren onderbroeken hoort er ook bij. Witte, uitgezakte onderbroeken.

Vrouw

Chris Polanen

Terry haalt een paar keer diep adem. Hij legt beide handen op de dichtstbijzijnde staldeur, buigt zijn hoofd en kreunt. Het geluid komt diep uit zijn buik, zoals bij de paarden met koliek die hij zo vaak behandelt.

Maar hier gaat geen pijnstiller of laxeermiddel helpen, Terry. Niemand kan je helpen. Nou ja, God misschien, maar waarom zou hij? Hij heeft dit alles zorgvuldig gepland. Van de eerste blikken die jij en je toekomstige buitenvrouw uitwisselden tot de snelheid van de passen waarmee je wettige echtgenote je nu nadert. Dus, Terry, moet je dit helemaal alleen ondergaan. Het is goed dat je niet weet dat ik door dit gat in de muur meekijk, want dat zou het alleen maar pijnlijker maken. Dit wordt een van de moeilijkste momenten van je leven. Het moment dat alle mannen met een buitenvrouw vrezen. Om dit moment te voorkomen liegen mannen dag in dag uit tegen hun vrouw, tien, twintig, dertig jaar lang, sluipen ze als inbrekers door straten en over erven, parkeren ze midden in de nacht op plekken die zelfs door straathonden gemeden worden, bezoeken ze shortstayhotels die alles wat niet gezien mag worden vakkundig verbergen, wassen ze de geur van zweet, parfum en seks zorgvuldig van zich af voor ze huiswaarts keren, verscheuren ze brieven, tickets en bonnetjes, verzinnen ze onwaarschijnlijk goede, soms zelfs geniale alibi's, ontkennen ze schuld, praten ze zwakte goed en smoren ze hun geweten.

De echtgenote loopt de gang in en kijkt langs Terry heen, op zoek naar die ander, dat wezen dat haar zorgvuldig opgebouwde leven ondermijnd heeft, haar man heeft verleid met nieuwe woorden, een nieuw lichaam, een nieuwe geur, een nieuw gevoel.

Terry blijft in dezelfde positie bij de staldeur staan.

Ze loopt met grote, bedachtzame passen om hem heen. 'Je hoeft het niet te ontkennen. Ik wist al lang dat je iemand had. Ik wist alleen niet wie.'

Er trilt iets in die stem waarvoor je zo ver mogelijk weg zou willen vluchten, zonder om te kijken. Als je de kans kreeg. Maar jij hebt die kans niet, Terry. Deze gang is je rechtszaal, dit is je proces en je moet het stellen zonder advocaat. Zij, die nu achter je is gaan staan, is de aanklager, rechter en beul: een mooie vrouw met oorbellen, ketting en armbanden, van knalgeel achttienkaraats goud uit het binnenland. Misschien heb je die haar wel cadeau gegeven op haar verjaardag, Moederdag of jullie trouwdag. Er zijn zoveel dagen waarop je een vrouw sieraden kan geven.

Ze leunt tegen de staldeur. Precies op de plek waar de andere vrouw net stond. In precies dezelfde houding. Het lijkt wel alsof ze de energie van de haastig vertrokken buitenvrouw voelt en in zich opzuigt.

'Het is een mooie vrouw. Lief ook, denk ik.' Ze zegt het op de toon waarop ze over een nieuwe buurvrouw zou praten. 'Ik ben zo blij dat ze niet jong en ordinair is. Dat zou meer pijn doen.'

Doet het minder pijn omdat het een vrouw is die op haar lijkt? Omdat ze als wettige echtgenote geen onmogelijke strijd hoeft te voeren tegen de jeugd, tegen een lichtere of donkerdere huidskleur, tegen grotere borsten en billen of juist kleinere (maar dat laatste is in Suriname niet erg waarschijnlijk). Deze strijd kan ze aan.

Wat jammer dat jij dit niet meemaakt, Hugo, dode vriend. Hier zou je met die oude mannen over kunnen praten onder die manyaboom in de Toenalaan, van wie je je kennis over deze zaken had. Mannen die terugkeken op levens waarin buitenvrouwen kwamen en gingen, huwelijken sneuvelden, kinderen zich voorgoed afkeerden van hun verwekkers, sommige keuzes na een heel leven nog niet vergeven waren en liefde maar al te vaak veranderde in iets gruwelijks. Maar één ding beseften jullie niet, Hugo, jij en die oude kale puzzelaars, op zoek naar de ontbrekende stukjes van het leven: jullie keken altijd met mannenogen, zelfs als jullie ervan overtuigd waren dat jullie feilloos de weg konden vinden in een vrouwenbrein.

Terry zwijgt en blijft met zijn rug naar haar toe staan.

'Doet ze iets wat ik niet doe? Iets wat je nodig hebt? Krijg je niet genoeg seks?'

Wat moet hij hierop in Gods naam antwoorden? In ieder geval niet jouw woorden, Hugo: 'Mannen met een buitenvrouw doen het ook nog gewoon met hun eigen vrouw hoor, Gili. Juist door die buitenvrouw doen ze het thuis alleen als hun vrouw er echt zin in heeft. En dan is het natuurlijk goede seks. Kijk, alles wat ze thuis tekortkomen wordt buiten aangevuld, niet alleen de seks, maar ook de aandacht. De aandacht die je alleen krijgt als een vrouw nog zo verliefd op je is dat ze alles van je wil weten en zelfs je slechte eigenschappen interessant vindt. Daardoor zijn deze mannen vaak ook betere echtgenoten en vaders. Niet allemaal hè, Gili, je hebt ook de geile klootzakken die alleen aan zichzelf denken. Die gewoon alles pakken wat ze kunnen pakken.'

Hou toch op, Hugo. Zou een vrouw liever een verzadigde, tevreden leugenaar hebben dan een gefrustreerde, naar seks hongerende braverik? En hoe kan deze vrouw eigenlijk zo beheerst blijven? Alleen aan de snelheid waarmee haar borstkas op en neer gaat, kan je zien dat ze zich opwindt. Ze doet een stap naar voren en staat weer precies in de voetsporen van die ander. Als ze haar zelfbeheersing gaat verliezen, zal dit het moment zijn. Ik hoop het niet voor je, Terry, maar een paar ferme klappen of een kras over je gezicht zijn misschien wel minder erg dan deze vragen.

Ze blijft staan, maakt een snuivend geluid en steekt haar kin naar voren. 'Wil je scheiden?'

Terry schraapt zijn keel. 'Nee.'

'Wat dan? Wil je haar blijven zien?'

Er klinkt een geluid waarvan ik bij God niet weet hoe Terry het produceert. Het lijkt niet eens menselijk. Het gereutel van een stervend paard.

'Dat accepteer ik niet, Terry. Dat weet je.'

Hij schudt zijn hoofd, zijn kin nog steeds op zijn borst.

'Je belooft dat je haar nooit meer ziet of ik ga bij je weg.'

Terry, het wordt tijd dat je je mond opendoet. Met alleen wat gereutel kom je er niet. Volgens mij kom je er best goed vanaf. Je vrouw heeft klasse. Ze laat je zien dat ze dit wil oplossen zonder te schelden, te slaan, of, zoals je wel eens in de krant leest, te steken of te schieten.

'Oké.'

'Oké wat?'

Ja, oké wat, Terry?

'Ik zal haar niet meer zien.'

'Zweer het. Op onze kinderen, Terry...'

De seconden verstrijken gruwelijk langzaam. Een mens kan een ander zo veel druk opleggen dat zelfs de tijd erdoor vastloopt. Heb je ooit zo veel druk gevoeld, Terry? Tijdens operaties waarbij een dier dood dreigde te bloeden of het stopte met ademhalen? Ik denk het niet. Zelfs veilig verscholen achter de muur voel ik hoe zwaar dit voor je is. En de ergste druk wordt niet eens veroorzaakt door je vrouw. Het is je eigen schuldgevoel dat je nu langzaam van binnenuit aan het dooddrukken is. Het drukt je bloedvaten, je bronchiën en je hele maagdarmkanaal dicht. Als je niet snel antwoordt, val je hier ter plekke dood neer en zou een patholoog alleen maar kunnen vaststellen dat je een natuurlijke dood stierf. Een volledig opzichzelfstaande hartstilstand, zoals oudere mannen soms overkomt. Geen dichtgeslibde aderen, geen lekkende hartklep, geen infarct. Niets.

Ik kan je horen ademen, Terry, en voor het eerst in mijn leven lees ik de gedachten van een mens net zo duidelijk als die van een paard. Of verbeeld ik mij dat maar? Hoe dan ook, ik weet precies wat je denkt terwijl je langzaam doodgedrukt wordt: wie ben jij eigenlijk, vrouw? Hou ik nog wel van jou? Ja, mijn schaamte en schuld verstikken mij, maar ik weet bij God niet meer of ik nog van je hou zoals een man van zijn vrouw zou moeten houden. En nee, ik voel geen spijt, want bij die ander heb ik echte liefde gevoeld, misschien wel voor het eerst in mijn leven. En hoe moet ik nu verder, nu ik dat gevoeld heb en nu ik dat ga missen, elke dag opnieuw? Natuurlijk gaan we dat gat proberen te vullen met goede bedoelingen, met verantwoordelijkheid voor onze dochters, met angst voor wat een scheiding met ons zou doen, met God verhoede de moed der wanhoop. Die lijdensweg wil ik niet, maar ik ken je kracht en ik ken je woede. Als ik je verlaat zal je tegen de meisjes zeggen dat ik net als al die andere mannen ben. Dat ik een slecht mens ben. Je zal het tegen ze zeggen tot het hun waarheid is geworden. God, ik richt mij op mijn moeilijkste moment ook tot U. Daar bent U toch voor? Hoe erg is het als ik op mijn kinderen zweer en die ander toch weer zie? Ik kan niet geloven dat U een God bent die mijn meisjes zou straffen voor mijn zonden. U heeft mij niet zonder reden die liefde laten voelen. Ik heb mij al die jaren niet zo levend gevoeld. Als U dat niet wilde, had U toch gezorgd dat het nooit zo ver was gekomen?

'Ik zweer het.'

'We hebben het toch goed samen?' Ze probeert haar woede, verontwaardiging en ongetwijfeld nog veel meer te verbergen achter een honingzoete toon, maar realiseert zich niet hoe eng dat klinkt. In mijn oren al, laat staan in die van jou, Terry.

'Ik weet dat een man af en toe wat spanning nodig heeft. Maar nu is het mooi geweest. Toch?'

Nu is ze een moeder die een kind vergeeft.

'Ik weet alleen niet of ik je ooit weer kan vertrouwen...'

Terry knikt verslagen, nee, vernietigd is het juiste woord.

Terry, wacht even, wacht even. Weet je wel waar je mee instemt? Oké, je had een buitenvrouw en als mannen uit alle bevolkingsgroepen zich daaraan schuldig maken, moeten we wel concluderen dat het een onderdeel van de Surinaamse cultuur is. Maar cultuur is geen excuus om dingen te doen waarvan je weet dat ze fout zijn. Bovendien ben je intelligent, je hebt in Nederland gestudeerd en je had beter moeten weten, meer zelfbeheersing moeten tonen. En nu wil deze vrouw het je vergeven. Ze heeft klasse, ze scheldt niet en klaagt niet. Maar vergeven is een van de moeilijkste dingen in het leven en als het lukt, ontstaat er een nieuw probleem. Degene die vergiffenis heeft geschonken, is definitief superieur geworden ten opzichte van degene die zondigde. Want wat je ook doet, Terry, je zal de schuld nooit meer kunnen vereffenen en ze zal je nooit meer helemaal vertrouwen. Je zal schuldig en onbetrouwbaar blijven tot je op je sterfbed je laatste adem uitblaast. Besef je dat, Terry? Zijn je dochters dat waard?

Terry draait zich om en kijkt haar eindelijk aan.

Ik kan zijn ogen niet zien en dat is misschien ook beter.

Ze legt haar hand tegen zijn hals. Precies zoals de andere vrouw net deed.

Ik zie geen verschil, maar Terry zal het voelen en het zal pijn doen.

Ze pakt zijn hand en een lang, bijna ondraaglijk moment staan ze beiden doodstil. Dan probeert ze hem mee te trekken, maar zijn arm blijft als verlamd hangen. Even lijkt het alsof niets dat grote lichaam van zijn plaats zal krijgen. Alsof Terry daar voor altijd zal blijven staan, zijn huwelijk gered, maar zijn hart zodanig toegetakeld dat het niet meer voldoende bloed door zijn lichaam pompt om te kunnen bewegen. Maar dan komt hij langzaam in beweging en met elke stap richt hij zich meer op en lijkt hij meer zijn oude zelf. En zo lopen ze naar buiten. Hand in hand. Man en vrouw.

Kogel door het hoofd

Tobias Wolff
Vertaling Guido Golüke

Anders kon pas vlak voor sluitingstijd naar de bank zodat er natuurlijk een eindeloos lange rij stond, en hij moest aansluiten achter twee vrouwen die hem in een moordlustige stemming brachten met hun luide, stompzinnige gesprek. Hij was toch al nooit in een geweldig humeur. Anders, de criticus, stond bekend om de verveelde, elegante wreedheid waarmee hij vrijwel alles neersabelde wat hij recenseerde.

Terwijl de rij het koord nog moest ronden, zette een van de baliemedewerkers het bordje GESLOTEN voor haar loket en liep naar achteren, waar ze tegen een bureau geleund een praatje begon te maken met een man die wat papieren heen en weer schoof. De vrouwen voor Anders braken hun gesprek af en keken vol haat naar de baliemedewerkster. 'O, geweldig,' zei een van hen. Ze wendde zich tot Anders en vertrouwend op zijn instemming voegde ze eraan toe: 'Alweer zo'n kleine mensvriendelijke geste waar wij voor blijven terugkomen.'

Anders had ook al een verzengende haat tegen de baliemedewerkster opgevat, maar richtte die onmiddellijk op de laatdunkende zeurkous voor hem. 'Het is vreselijk onrechtvaardig,' zei hij. 'Echt tragisch. Als ze niet je verkeerde been afzetten of het dorp van je voorouders platbombarderen, sluiten ze wel een loket.'

Ze gaf geen krimp. 'Ik zei niet dat het tragisch was,' zei ze. 'Ik vind het alleen geen stijl om je klanten zo te behandelen.'

'Het is onvergeeflijk,' zei Anders. 'Het zal in de Hemel genoteerd worden.'

Ze zoog haar wangen naar binnen maar keek langs hem heen en zei niets. Anders zag dat haar vriendin dezelfde kant opkeek. En toen staakten de baliemedewerkers hun bezigheden en draaiden de andere klanten zich langzaam om en werd het stil in de bank. Bij de deur stonden twee in een blauw pak gestoken mannen met zwarte bivakmutsen op. Een van hen hield de bewaker een pistool in zijn nek. De bewaker had zijn ogen gesloten en bewoog zijn lippen. De andere man had een afgezaagd jachtgeweer. 'Hou je grote bek!' zei de man met het pistool, hoewel niemand een woord had gesproken. 'Als er iemand op het alarm drukt daar achter de balie, knal ik iedereen overhoop.'

'Ah, bravo,' zei Anders. 'We gaan "knallen".' Hij wendde zich tot de vrouw voor hem. 'Goed script, hè? De grimmige boksbeugelpoëzie van de gevaarlijke klassen.'

Ze keek hem met verdrinkende ogen aan.

De man met het jachtgeweer dwong de bewaker op zijn knieën. Hij gaf het geweer aan zijn compagnon, rukte de polsen van de bewaker achter zijn rug omhoog en maakte ze aan elkaar vast met een paar handboeien. Hij smakte hem tegen de vloer met een trap tussen zijn schouderbladen, pakte zijn wapen weer aan en liep naar het veiligheidshek aan het eind van de balie. Hij was kort van stuk en zwaar en bewoog zich eigenaardig langzaam. 'Laat hem binnen,' zei zijn compagnon. De man met het jachtgeweer opende het hek, kuierde langs de rij baliemedewerkers en gaf elk van hen een plastic zak. Bij de lege plek aangekomen keek hij opzij naar de man met het pistool, die zei: 'Wie zit daar?'

Anders keek naar de baliemedewerkster. Ze legde een hand tegen haar hals en keerde zich naar de man met wie ze had staan praten. Hij knikte. 'Ik,' zei ze.

'Schiet dan op met je dikke reet en maak die zak vol.'

'Ziezo,' zei Anders tegen de vrouw voor hem. 'Gerechtigheid.'

'Hé! Wijsneus! Heb ik gezegd dat je kon gaan praten?'

'Nee,' zei Anders.

'Hou dan je kop dicht!'

'Hoorde je dat?' zei Anders. '"Wijsneus." Regelrecht uit *De killers* van Hemingway.'

'Stil toch, alstublieft,' zei de vrouw.

'Hé, ben jij doof ofzo?' De man met het pistool liep naar Anders toe en stak het wapen in zijn buik. 'Denk je dat ik maar een geintje maak?'

'Nee,' zei Anders, maar de loop kietelde als een stugge vinger en hij moest een gegiechel onderdrukken. Hij deed dit door zichzelf te dwingen strak in de ogen van de man te kijken die duidelijk zichtbaar waren door de gaten in de bivakmuts. Ze waren lichtblauw en felrood omrand. Het linkerooglid van de man vertrok steeds. Hij ademde een penetrante ammoniaklucht uit die schokkender was dan alles wat er tot dan toe was voorgevallen, en Anders begon zich onbehaaglijk te voelen toen de man hem weer een por gaf met het pistool.

'Val je op mij, wijsneus?' zei hij. 'Wil je aan mijn pik zuigen?'

'Nee,' zei Anders.

'Sta me dan niet zo aan te kijken.'

Anders richtte zijn blik op de glimmende gaatjesschoenen van de man.

'Nee, nee. Daarheen kijken.' Hij stak het pistool onder Anders' kin en duwde hem omhoog tot hij naar het plafond keek.

Anders had nooit veel aandacht besteed aan dat deel van de bank, een bombastisch oud gebouw met marmeren vloeren en balies en vergulde krullen boven de loketten. Het koepelplafond was versierd met mythologische figuren van een vlezige, in toga's geplooide lelijkheid die Anders jaren geleden met een vlugge blik in zich had opgenomen en naderhand niet meer wenste op te merken. Nu had hij geen andere keus dan het werk van de schilder nauwkeurig te bestuderen. Het was nog erger dan hij het zich herinnerde, en allemaal uitgevoerd in dodelijk ernst. De kunstenaar had een paar trucs in huis en die steeds weer gebruikt – een zekere rozige blos aan de onderkant van de wolken, een kokette achterwaartse blik op de gezichten van de cupido's en faunen. Het plafond was druk beschilderd met diverse taferelen, maar Anders' blik werd getroffen door een voorstelling van Zeus en Europa – in deze weergave een stier die vanachter een hooiberg naar een koe staat te lonken. Om de koe sexy te maken had de schilder haar heupen suggestief gekanteld en haar lange, neerhangende wimpers gegeven waardoor ze zwoel uitnodigend naar de stier omkeek. De stier grijnsde zelfvoldaan en had zijn wenkbrauwen opgetrokken. Als er een tekstballonnetje van zijn bek was opgerezen, had daarin gestaan: HUBBA BUBBA.

'Wat is er zo grappig, wijsneus?'

'Niks.'

'Vind je mij grappig? Denk je dat ik een of andere komiek ben of zo?'

'Nee.'

'Denk je dat je mij een beetje kan afzeiken?'

'Nee.'

'Nog één keer en je bent er geweest. *Capiche*?'

Anders barstte in lachen uit. Hij sloeg beide handen voor zijn mond en zei: 'Sorry. Sorry,' proestte toen hulpeloos door zijn vingers heen en zei: 'Capiche – o God, capiche,' en daarop hief de man met het pistool zijn pistool op en schoot Anders door zijn hoofd.

De kogel doorboorde Anders' schedel, ploegde door zijn hersenen en verliet zijn hoofd achter het rechteroor, waarbij rondvliegende botsplinters doordrongen in de hersenschors en het corpus callosum en verder naar achteren in de basale ganglions en de daaronder liggende thalamus. Maar voor dit alles plaatsvond, veroorzaakte de intrede van de kogel in de grote hersenen een knetterende opeenvolging van ionentransporten en neurotransmissies. Vanwege hun eigenaardige oorsprong volgden deze een eigenaardig patroon en brachten ze lukraak een zomermiddag tot leven die zo'n veertig jaar geleden had plaatsgevonden en sindsdien al lang uit zijn geheugen was verdwenen. Na de inslag in het cranium bewoog de kogel zich voort met een snelheid van driehonderd meter per seconde, de zielige sukkelgang van een gletsjer vergeleken bij de synaptische schichten die er aan alle kanten langs flitsten. Dat wil zeggen dat de kogel, eenmaal in de hersenen, werd onderworpen aan de hersentijd, wat Anders ruimschoots de gelegenheid gaf om de scène te overdenken die zich, in een uitdrukking die hij zou hebben verafschuwd, 'voor zijn ogen ontrolde.'

Het is, gezien de herinneringen die bij hem opkwamen, de moeite waard om te vermelden wat Anders zich niet herinnerde. Hij herinnerde zich niet zijn eerste liefde, Sherry, of wat hij zo verrukkelijk aan haar had gevonden voor het hem begon te irriteren – haar ongegeneerde lichamelijkheid, en dan vooral de hartelijke manier waarop ze omging met zijn lid, dat ze meneer Mol noemde, zoals in: o, o, zo te zien heeft meneer Mol wel zin in een spelletje. Anders herinnerde zich noch zijn vrouw, van wie hij ook had gehouden tot hij doodmoe werd van haar voorspelbaarheid, noch zijn dochter, nu een stuurse hoogleraar economie in Dartmouth. Hij herinnerde zich niet dat hij voor de kamerdeur van zijn dochtertje stond terwijl zij haar beer een standje gaf voor zijn ondeugende gedrag en de afgrijselijke straffen beschreef die Pootjes zou krijgen als hij zijn leven niet beterde. Hij herinnerde zich geen regel van de honderden gedichten die hij in zijn jeugd in zijn geheugen had geprent zodat hij zichzelf naar believen kippenvel kon bezorgen – regels als 'Silent, upon a peak in Darien', of 'My God, I heard this day', of 'All my pretty ones? Did you say all? O hell-kite! All?' Hij herinnerde zich niets van dit alles, niet één regel. Anders herinnerde zich niet wat zijn moeder op haar sterfbed over zijn vader zei: 'Ik had hem in zijn slaap moeten doodsteken.'

Hij herinnerde zich niet hoe professor Joseph zijn studenten vertelde dat Atheense gevangen op Sicilië werden vrijgelaten als ze Aeschylos konden citeren, en daarna ter plekke zelf Aeschylos begon te citeren, in het Grieks. Anders herinnerde zich niet hoe zijn ogen prikten bij die klanken. Hij herinnerde zich niet hoe verrast hij was om niet lang na hun afstuderen de naam van een medestudent op het stofomslag van een roman te zien, of hoeveel respect hij voor hem had gevoeld na het lezen van het boek. Hij herinnerde zich niet hoeveel plezier het hem deed respect te tonen.

Noch herinnerde Anders zich dat hij maar enkele dagen na de geboorte van zijn dochter een vrouw vanaf het gebouw tegenover het zijne haar dood tegemoet had zien springen. Hij herinnerde zich niet dat hij 'God wees haar genadig!' had geroepen. Hij herinnerde zich niet dat hij de auto van zijn vader moedwillig tegen een boom had gereden, dat hij door drie agenten in zijn ribben was geschopt bij een demonstratie tegen de oorlog, dat hij zichzelf wakker had gelachen. Hij herinnerde zich niet wanneer hij met verveling en angst ging opzien tegen de stapel boeken op zijn bureau, wanneer hij het schrijvers kwalijk begon te nemen dat ze die boeken schreven. Hij herinnerde zich niet wanneer het zover was gekomen dat alles hem aan iets anders deed denken.

Dit is wat hij zich wel herinnerde. Hitte. Een honkbalveld. Geel gras, het gegons van insecten, hijzelf tegen een boom geleund terwijl de jongens uit de buurt zich verzamelen voor een potje honkbal. Hij kijkt toe terwijl de anderen ruziën over het genie van respectievelijk Mickey Mantle en Willie Mays. Ze maken zich de hele zomer al druk over dit onderwerp, en het is Anders gaan vervelen: het is even verstikkend als de hitte.

Dan arriveren de laatste twee jongens, Coyle en een neefje van hem uit Mississippi. Anders heeft Coyles neefje nooit eerder ontmoet en zal hem ook nooit meer zien. Hij zegt net als de anderen hallo maar slaat verder geen acht op hem tot ze twee partijen hebben gekozen en iemand het neefje vraagt op welke plek hij wil spelen. 'Ik ga nie ketsen,' zegt het jongetje. 'Ketsen kank nie.' Anders draait zich om en kijkt hem aan. Hij wil Coyles neefje laten herhalen wat hij net zei, al weet hij wel beter dan het te vragen. De anderen zullen hem een zak vinden als hij dat joch gaat pesten met zijn uitspraak. Maar daar gaat het hem niet om, helemaal niet – het gaat Anders erom dat hij op een eigenaardige manier wordt geprikkeld, wordt opgevrolijkt door dat laatste zinnetje met zijn onverwachte klank en cadans. Hij loopt in trance het veld op, het zinnetje in zichzelf herhalend.

De kogel zit al in de hersenen; die hersenen zullen hem niet eeuwig voorblijven of met bezweringen tot staan brengen. Uiteindelijk zal de kogel zijn werk doen en het getraumatiseerde brein verlatend zal hij een kometenstaart vol herinneringen en ambities, talenten en liefdes achter zich aanslepen door dat marmeren paleis van de commercie. Daar is niets aan te doen. Maar voorlopig heeft Anders nog tijd. Tijd waarin de schaduwen langer kunnen worden op het gras, tijd waarin de aangelijnde hond naar de wegvliegende bal kan blaffen, tijd waarin de jongen in het rechter verreveld een vuist in zijn zwartgezwete handschoen kan slaan terwijl hij zachtjes voor zich heen prevelt: ketsen kank nie, ketsen kank nie, ketsen kank nie.

Je vader noemt haar Katya

Valentijn Hoogenkamp

Katya loopt het liefst op haar tenen terwijl ze de deur opent. Haar pruiken wegen soms meer dan haar lichaam. Ik kijk naar filmpjes geschoten met telefoons in nachtclubs. Katya playbackt, doet een split, schudt met haar armen en benen alsof ze een lappenpop is. Over het web zwerven videoclips die ze 's nachts opneemt, alleen in haar hotelkamer. Ze ratelt er op los en bewondert zichzelf ondertussen in de camera. Aan haar ogen kun je zien wanneer ze gebruikt heeft, dat ze zelf niet weet waar ze is.

'Je bent letterlijk een crackhoer,' grappen haar collega's in de podcast, maar ze is ook een blonde, glitterende superheld voor kinderen. Google haar terwijl ze poseert met een baby. Google Katya Amputated Freeze-Dried Leg. Haar duizenden fans huilen tijdens meet and greets, daar klaagt Katya over op Twitter maar in hun gezicht is ze zacht, want ze weet wat het is om gek te zijn.

Katya belt haar moeder en vraagt waarom er bloed in haar sperma zit. Nadat ze haar sabbatical aankondigde in het Frans, want alleen in het Frans kun je mens zeggen, kun je echt mens zeggen, hebben haar ouders haar opgevangen. Tijdens het afkicken denkt Katya dat ze een geest ziet maar als ze de geest probeert te verleiden wijst die haar af.

Al die handen die langs haar benen glijden en haar naam willen gillen als een opstijgend vliegtuig.
Yekatarina
Petrovna
Zamalodchikova.
Maar je vader noemt haar gewoon Katyaah.

Katya is blond. Ze heeft zwart en oranje geprobeerd, maar Katya is blond. Haar enkels zijn elegant gebogen maar ze draagt geen schoenen. Onder haar pruik zweet ze, haar wenkbrauwen druipen naar beneden. Ding dong, ze noemt zichzelf een hersenchirurg.

Ze is verdwaald en heeft wat tijd te doden voor de show dus we gaan samen naar mijn huis. We kijken een film in bed, ik hou haar vast. Met elke vezel in mijn lijf probeer ik uit te stralen: ik hoef niets van je. Hier ben je veilig. Ik zal stil liggen als je me aanraakt. Ik zal op mijn buik gaan liggen met mijn gezicht in het kussen.

Ze was in Amsterdam in februari. Ik had een kaartje voor haar show maar ik ben niet gegaan.

Katya is katholiek opgevoed in een huis met een zwembad in de tuin. Haar vader heeft de zwarte band en haar moeder is een gymnast. Katya spreekt Russisch, Portugees, Japans en Frans. Tot haar 30ste was ze maagd, toen bood ze zich op Craigslist aan voor seks tegen betaling. Nooit kwam ze in een onveilige situatie, maar als haar klant niet kwam opdagen zat ze in lingerie te huilen op de bank.

Inmiddels ken ik elke lijn in haar gezicht en zelfs het behang achter haar hoofd. Ze mag nooit doodgaan of zich ontpoppen tot racist.

Ik wil haar beeltenis laten tatoeëren op mijn bovenbeen maar ben bang voor een slechte tatoeëerder die van schaduwen een snor maakt of dat Katya op een dag iemand iets aandoet. Er zwerft een gerucht rond over een omgangsverbod dat een ex heeft aangevraagd. Foto's van de vieze, afbladderende appartementen waarin ze woont. 'Een schreeuw om hulp' noemt ze haar leefsituatie en lacht. De populairste semi-dakloze op de planeet. Ze heeft nog nooit een relatie gehad, is één keer verliefd geweest en dat bleef onbeantwoord.

Haar show heet 'Help me, I'm dying.'

Vannacht fantaseer ik een lieve, brede jongen die haar eerst niet herkent. Ze doet yoga in het park en hij spreekt Italiaans en dat besluit ze te leren. Op de gedachte dat iemand haar vasthoudt val ik in slaap.

De dag dat ik mijn vader en mijn moeder begroef

Heleen van Royen

‘Weet je wat haar wensen waren?’ vraagt Clemens.

Het is zondag 15 juli 2018. Mijn moeder is om tien voor halfzes ’s middags in mijn armen overleden. Clemens is diezelfde avond naar verpleeghuis Zonnestraal gekomen om haar te verzorgen en met mij en Olivia de uitvaart op touw te zetten.

Clemens is mijn uitvaartman. Ik heb een klusjesman, een tuinman, een juridische man en een belastingvrouw. Ze zijn me allemaal dierbaar, maar Clemens heeft een speciaal plekje in mijn hart sinds hij me uit de brand hielp toen de moeder van Ton overleed. We bevonden ons op dat moment met het hele gezin in Thailand – dat zul je altijd zien. Het was Kerstmis, snikheet, en ik bracht uren door bij de ‘receptie’ (lees: houten hut) van ons resort om zwetend en half huilend onze vluchten te verzetten en de uitvaart te regelen. We woonden in Portugal, de crematie zou in Nederland zijn, we bevonden ons op Koh Chang, een paar uur varen van het vasteland – het was ingewikkeld. Het Thaise wachtmuziekje van KLM kan ik nóg horen: een zangerige, ijle vrouwenstem die iets zong over een deur die open- of dichtging. Er was geen Shazam. Ik heb het liedje nadien lang gezocht, maar nooit gevonden.

De nog levende schoonzus van mijn schoonmoeder had me getipt: je moet Clemens Bouwens hebben, die is goed. En dat was hij. Het was de eerste uitvaart die ik regelde en hij loodste me er kalm, doch vastberaden doorheen. Een rechtschapen, betrouwbare man. Imposant ook, lang en breed, met een ouderwets gezicht en het perfecte postuur voor een lange jas met een hoge hoed. Precies wat je nodig hebt in tijden van rouw. Hij regelde een rozenkrans, die ik om mijn schoonmoeders handen draaide toen we eenmaal in Nederland waren.

'Dank voor alle goede zorgen. Jij mag voortaan al onze begrafenissen doen,' zei ik na afloop van de plechtigheid. 'De mijne ook.'

Nu we afscheid moesten nemen van mijn moeder was Clemens degene die ik belde.

'Ze wilde begraven worden,' antwoord ik. 'Dat weet ik zeker.'

'Weet je ook waar?' vraagt Clemens.

'Sint Barbara,' zeg ik aarzelend. Het is de eerste naam die in me opkomt. 'Het is ergens in Amsterdam-West. Kan dat?' Mijn moeder heeft het me ooit verteld en ik heb het toen opgezocht in het Amsterdamse stratenboekje, dat kleurige boekje met spiraalband, want daarmee vond je vroeger de weg.

'Dat kan,' zegt Clemens. 'Het is een mooie, kleine begraafplaats.'

'Dan wilde ze daarnaartoe,' zeg ik.

'Ga ik regelen.'

Clemens reikt naar zijn tas.

'Nu komen de mappen,' fluistert Olivia.

En inderdaad, daar kwamen de mappen. Clemens legt ze op tafel.

Er is een map voor de bloemen, een map voor de kaarten en een map voor de kisten. Mijn voornemen was om het simpel te houden. Mijn moeder is zevenentachtig jaar geworden. Ze hield niet van opsmuk.

Olivia bladert door de kisten.

'Kijk eens, mam,' zegt ze. 'Je kunt de kist ook met stof laten bekleden. Een katoenen stof met een print.'

Zoiets maakt een kist wel een stuk vriendelijker, vinden we. Olivia en ik gaan geroutineerd door de opties heen, zoals we zo vaak hebben gedaan bij de vele winkelrekken die we in ons leven troffen.

'Deze is het mooist,' zeggen we eendrachtig. 'Een natuurprint. Past precies bij oma.'

Onze favoriete kist is bekleed met een roomwitte stof met frêle bladeren in beigetinten en grijswitte pluizenbollen van paardenbloemen. De binnenbekleding is van ongebleekt gewatteerd katoen en ziet er comfortabel uit.

'Doe die maar,' zeg ik tegen Clemens zonder naar de prijs te informeren.

'Wat leuk. Het is de eerste keer dat ik deze kist verkoop,' antwoordt hij opgewekt. Ik durf nog steeds niet naar de prijs te vragen.

'Even iets anders,' zeg ik. 'Ik heb dus nog een graf. Een graf in Noord. Daar ligt mijn vader. Het is een beetje een gek verhaal.'

Als uitvaartondernemer kijk je niet op of om van een gek verhaal. Clemens luistert aandachtig terwijl ik de geschiedenis in vogelvlucht vertel. Zelfmoord vader in 1978, toen ik dertien was, uit puberale koppigheid niet naar zijn begrafenis gegaan, het me vaak voorgenomen, maar ook nooit naar zijn graf geweest. Eind 2016 bericht van een nicht. Haar vader, de broer van de mijne, blijkt mijn vaders graf te beheren. Zijn ouders, ofwel mijn opa en oma, en nog een andere broer liggen er ook; het is een familiegraf. Haar vader bezoekt de plek jaarlijks met zijn vrouw op Allerzielen, maar het echtpaar redt dit vanwege hun hoge leeftijd niet meer en wil ervan af. Aangezien onze vader er nog ligt, is de vraag of ik er belangstelling voor heb. Zo niet, dan wordt het graf afgesloten en geruimd. Ik kan het niet over mijn hart verkrijgen om het aanbod te weigeren. Als ik onverhoopt toch naar het graf toe wil, moet het er wel zijn. En mijn vader ruimen klinkt erg definitief. Ik neem de rechten over en word de wettelijke beheerder van het familiegraf, zonder er ooit te zijn geweest.

'Ik wist natuurlijk dat mijn moeder zou komen te overlijden. En ik heb overwogen om haar in het familiegraf bij te leggen, maar ik vind het lastig. Ze is vlak voor zijn dood van mijn vader gescheiden.'

Toen het graf in mijn bezit kwam, verkeerde mijn moeder al in een vergaand stadium van dementie. Ik heb het idee een keer geopperd – 'Zeg, hoe zou je het vinden om straks bij papa in het graf te liggen?' – maar toen stak ze haar tong uit. Dat was moeilijk te interpreteren. Waarschijnlijk dacht ze dat ik haar in de maling nam. Wat je haar niet kwalijk kon nemen.

'Hoe denk je er nu over?' vraagt mijn uitvaartman. 'Het idee dat ik straks twee graven beheer vind ik nogal wat,' zeg ik eerlijk. 'En mijn moeder in een familiegraf leggen van haar ex-schoonfamilie is ook niet ideaal. Ze verdient haar eigen graf. Het liefst zou ik mijn vader bij mijn moeder in haar graf willen leggen – dan kan ik ze ook samen bezoeken – maar ja, dat kan natuurlijk niet.'

'Waarom zou dat niet kunnen?' zegt Clemens.

Olivia klapt de bloemenmap dicht en is ineens weer vol aandacht. Het verhaal van mijn vader kent ze door en door, maar dit is een onverwachte wending.

'Als jij het wilt, regel ik dat voor je.'

'Je bedoelt dat je hem opgraaft?'

'Ja. De grafrusttermijn bedraagt tien jaar. Die is ruimschoots verstreken. Jij, als nabestaande en grafrechthebbende, mag je vader herbegraven.'

Ik ben even stil.

Dan begin ik te stralen.

'Dat wil ik!' zeg ik. 'Dat is precies wat ik wil.'

Olivia sluit haar ogen en schudt langzaam haar hoofd. Ze kan haar ongeloof, gelardeerd met een vleugje geamuseerdheid, niet verbergen.

'Zo kun je toch de begrafenis van je vader bijwonen,' zegt Clemens in volle ernst. 'De begrafenis die je hebt gemist. Ik denk dat dit het perfecte moment is om het verleden af te sluiten.'

Clemens was al mijn held, maar op dit moment is hij God zelf.

'We begraven eerst je vader en daarna je moeder. Wanneer wilde je de uitvaart ook alweer?' vraagt God.

'Op woensdag,' zeg ik beschroomd. 'Dat is wel heel snel, hè? We gaan donderdag naar Edinburgh. We hebben dat tripje begin deze maand geboekt. Onze zomervakantie naar Portugal ging niet door, omdat mijn moeder toen ook slecht lag. We hopen Schotland wel te halen.'

'Ik ga mijn best doen,' zegt Clemens. 'Je moet dan nu wel meteen een officieel verzoek schrijven en ondertekenen. Dat je het familiegraf wilt openen om je vader te kunnen herbegraven.' Hij overhandigt me een wit vel papier en zijn vulpen. 'Welke begraafplaats is het? Weet je het grafnummer?'

'Het is de Noorderbegraafplaats. Het nummer staat vast ergens in mijn mail,' zeg ik, terwijl ik mijn telefoon pak.

'En er lagen nog meer familieleden, zei je?'

'Ja, mijn opa en oma en nog een broer. Maar die heb ik allemaal nooit gekend. Zij waren al overleden voor mijn geboorte.'

'En wat wil je daarmee?'

'Kunnen we ze meenemen naar Sint Barbara? Of wordt dat te druk?'

'Ik kan het proberen. Je vader is het belangrijkste.'

Dat ben ik met hem eens.

Clemens dicteert het verzoek. Ik schrijf mee, moeizaam; het is lang geleden dat ik zoveel tekst met de hand heb geschreven. Na mijn ondertekening stopt Clemens het verzoek in zijn map.

We zeilen fluitend door de rest van de te regelen zaken heen. Als alles op de rit staat, bedanken we Clemens en zwaaien hem uit. Ik loop nog even bij mijn moeder binnen. Ze ligt aangekleed op haar bed in de kleren die Olivia en ik hebben uitgekozen. Op een stoel ligt het nachthemd dat ze aanhad toen ze stierf. Ik neem het mee. Thuis zal ik het in een stoffen zakje stoppen, zodat ik haar geur af en toe nog kan opsnuiven. Mijn moeder heeft haar kunstgebit weer in. Dat had ze de laatste weken niet; het irriteerde haar. Het gebit is eigenlijk te groot. Het staat gek, haar lippen passen er niet goed omheen. Ik zie het, maar laat het zo. De directrice van Zonnestraal zal er de volgende dag iets aan proberen te doen, maar veel beter wordt het niet. Ook het dode lichaam van mijn moeder is weerbarstig. Er brandt een kaars naast haar bed. De nachtdienst zal die uitblazen, weet ik. Ik aai mijn moeder over haar haar en fluister haar toe dat ze een mooie uitvaart zal krijgen.

Op weg naar huis is mijn stemming gek genoeg opperbest. Olivia moet er een beetje om gniffelen. 'Hoe ga je dit straks aan Bart vertellen?' vraagt ze.

'Gewoon, zoals het is. Het is een geweldig idee, deze herbegrafenis,' zeg ik opgewekt.

Eenmaal thuis blijkt Bart er heel anders over te denken. Hij gruwt bij het idee dat ik een graf wil laten openen dat al veertig jaar dicht is. Hij noemt het heiligschennis, roept dat ik doordraaf en laat onomwonden weten dat ik dit krankzinnige plan ogenblikkelijk dien te laten varen. Bij deze reactie moet worden aangetekend dat Bart net drie maanden eerder zijn vader heeft verloren. De uitvaart staat ons nog helder voor de geest. In feite verkeren we op dit moment allebei in de rouw. Olivia luistert zwijgend naar onze discussie.

'Luister,' zeg ik tegen Bart. Mijn stem klinkt zwaar en laag, de gebruikelijke schorheid is verdwenen. 'Dit gaat om míjn vader. Zíjn dood. Míjn verdriet. Jij hebt hier niets mee te maken. Jij weet hier niets van af. Dit is iets wat ik nodig heb. Het kan me niet schelen of jij het begrijpt of niet. Dit is wat er gaat gebeuren. Ik ga woensdag mijn moeder begraven. En mijn vader.' Terwijl ik de woorden uitspreek, besef ik dat ze sentimenteel en dramatisch klinken, maar tegelijkertijd weet ik dat ze voortkomen uit een diepdoorvoelde, pijnlijke waarheid, eentje die de bodem van het bestaan vormt, die nu naar boven borrelt en zich door niets of niemand laat tegenhouden.

In de dagen die volgen houden Clemens en ik nauw contact. Hij vertelt dat hij heel erg zijn best doet, maar dat hij helaas nog niets kan garanderen, afhankelijk als hij is van de medewerking van derden. 'Ik geef niet op,' verzekert hij me. 'Ik blijf het proberen, want ik weet hoe belangrijk dit voor je is en ik beschouw het als een erezaak om het rond te krijgen.'

Zijn plan is om mijn vader woensdag, op de dag van mijn moeders uitvaart, op te graven, maar daarvoor heeft hij toestemming nodig van de begraafplaats en die houden uitgerekend deze woensdag een open dag. De ironie ontgaat me niet.

'Ik snap niet waarom ze zo moeilijk doen,' zucht Clemens. 'Zij hoeven er niemand voor vrij te maken, ik neem mijn eigen mensen mee en we kunnen het in alle vroegte doen.'

'Clemens,' zeg ik na enig nadenken, 'als ze het je heel lastig maken, mag je wat mij betreft de Van Royen-kaart spelen.'

Hij en ik weten allebei wat ik daarmee bedoel.

'Dat zal niet nodig zijn. Als het erom gaat spannen, heb ik zelf genoeg kaarten achter de hand,' stelt hij me gerust. Eens te meer besef ik dat ik te maken heb met de *capo di tutti capi*, wiens kaarten in de uitvaartwereld stukken zwaarder wegen dan de mijne. Clemens Bouwens is de man die Harry Mulisch heeft begraven. De herdenkingsdienst vond plaats op 6 november 2010 in de Stadsschouwburg in Amsterdam en werd live uitgezonden. In de week daarvoor troffen Clemens en ik elkaar toevallig in een hotel bij het Leidseplein. Hij kwam de as van mijn schoonmoeder brengen, die hadden we nog tegoed.

'Ga je naar de uitvaartdienst van Mulisch?' vroeg Clemens. 'Ik ben niet uitgenodigd,' antwoordde ik.

Clemens schrok. 'Is er misschien iets misgegaan met de invitaties, zal ik het even voor je uitzoeken?'

'Doe geen moeite, Clemens. Harry en ik waren geen vrienden.'

Op dinsdagochtend, de dag voor de uitvaart, laat Clemens via WhatsApp weten dat de opgraving de volgende dag definitief doorgaat en de twee begrafenissen daarmee ook. 'Als het goed is, is jouw ingreep nu achter de rug,' zet hij erbij. Hij weet dat ik die dag een kleine operatie heb. Mijn werkelijkheid is altijd aanzienlijk ongeloofwaardiger dan welke fictieve vertelling ook. De ingreep stond al geruime tijd op de planning. Om tien uur 's ochtends is mijn rechterooglens volledig weggelaserd en vervangen door een kunstlens, waarmee ik de rest van mijn leven scherp hoop te zien. De linkerlens volgt over een week, na Schotland. Ik zal de grafrede voor mijn moeder als een cycloop schrijven.

Het verlossende bericht van Clemens zie ik inderdaad pas na de ingreep. Mijn rechteroog is bedekt door een beschermende plastic dop, die bedekt is met pleisters.

'Ik ben zo blij voor je dat het toch gaat lukken,' appt hij.

'Ik ook,' antwoord ik. 'Het is echt heel bijzonder. Heb een traantje weggepinkt bij mijn linkeroog.'

'De steenhouwer staat ook al klaar om morgen de steen terug te plaatsen met de juiste namen erop.'

Nu we toch bezig waren, had Clemens bedacht dat we voor het nieuwe graf op Sint Barbara de marmeren steen van het familiegraf van mijn vader konden hergebruiken. Ik vond het een goed idee. Bij leven werkte mijn vader als boekhouder bij Neeb & Co Natuursteen in Amsterdam-Noord, een leverancier van gedenkstenen. Ooit gaf hij me een doosje met verschillende dunne marmeren plaatjes, monsters waaruit de klanten konden kiezen. Het roze marmer vond ik het mooist. Dat ik nu met zijn grafsteen in de weer was, herinnerde me aan het enige cadeau dat ik van hem had. Het doosje met stenen moet nog ergens op zolder liggen, in de doos JEUGD.

De steenhouwer kan mijn moeders naam onder de vier bestaande namen hakken of alle namen weghalen en die van mijn vader en moeder er vers op zetten, laat Clemens weten. Ik kies voor het laatste. Eerder maakte hij al duidelijk dat het te complex zou worden om opa, oma en de andere broer ook mee te nemen; die moeten we achterlaten. Het familiegraf is iets om me later om te bekommeren. Boven aan de steen staat IN PACE, dat mag blijven staan. Ik gun ze eindelijk vrede, die twee.

Woensdag 18 juli, de dag van de uitvaarten, belooft een prachtige, zonnige dag te worden. Bart en ik rijden eerst naar Driebergen om mijn geopereerde oog te laten controleren. De plastic dop mag eraf. Ik ben niet blind geworden, dat valt weer mee. Alles ziet er prima uit, aldus de chirurg.

'Goed blijven druppelen,' drukt ze me op het hart.

'Zijn tranen ook goed?' vraag ik. 'Ik heb twee uitvaarten vandaag.'

'Nou, die zijn eigenlijk te zout.'

Na Driebergen wordt het tijd om mijn moeder op te halen uit Zonnestraal. Olivia, haar vriend Pieter en Sam gaan met ons mee. We zien Margreet voor het eerst in haar kist en zijn dolblij met onze keus. Hij is oprecht prachtig en heeft een zachte, vriendelijke uitstraling. Op mijn moeders kamer staan lijstjes met foto's van haar kinderen en kleinkinderen. Ik leg ze bij haar, tussen de vouwen van het ongebleekte, gewatteerde katoen. Ook haar handen krijgen een rozenkrans. Baat het niet, dan schaadt het niet. Als mijn moeder Zonnestraal verlaat, vormt het personeel een haag om afscheid van haar te nemen. Het ontroert me.

Als we Sint Barbara op lopen, word ik overdonderd door de lieflijkheid van de begraafplaats. Ik snap meteen waarom mijn moeder hiervoor heeft gekozen. De kapel bij de ingang doet denken aan een Scandinavisch huis. Die is gebouwd met rode stenen en fraai betimmerd met een grafisch gevormd web van witte houten lijsten; ook de daklijsten zijn wit. De kapel is niet heel hoog, maar wel rijzig en hij steekt mooi af tegen de blauwe lucht. De lanen met graven zijn goed verzorgd, je zou er zo willen liggen.

De lijkwagen met daarin mijn moeder houdt halt voor de kapel. Clemens stapt uit. Ton is op mijn verzoek ook voor de uitvaart van mijn vader gekomen en voegt zich bij ons. Door het open hek rijdt een tweede lijkwagen de rotonde op.

Clemens spreidt zijn armen. Dit is zijn moment. Nu komt alles tezamen. De timing kon niet beter.

'Hier!' zegt hij, wijzend naar de eerste lijkwagen. 'Hier is moeder. En daar!' – wijzend naar de tweede lijkwagen, die richting de kapel kruipt – 'Daar komt vader.'

De twee rouwauto's die zich achter elkaar opstellen vormen een surrealistisch beeld. Mijn vader verdronk zichzelf begin augustus 1978 in de Sloterplas in Amsterdam. Dit is zijn herrijzenis, eentje die niemand meer had verwacht. We lopen naar de tweede wagen toe. Ik voorop, hand in hand met Bart, mijn gezin achter me.

'Ben je klaar om afscheid te nemen?' vraagt Clemens. Ik knik.

'Ik moet je iets vertellen,' vervolgt hij. 'Het klinkt heel wonderlijk, maar je vader heeft op je gewacht.'

'Hoe bedoel je?'

'Zijn lichaam is nog grotendeels intact.'

'Dat kan toch niet na veertig jaar?' Ik had hooguit wat botresten en een hoop stof verwacht. *Ashes to ashes, dust to dust* – dat werk.

'Hij is destijds begraven in een dichtgeritste hoes. Zijn lichaam is als het ware geseald.' Clemens windt er nooit doekjes om. Ik hou ervan.

De factuur van de uitvaart van mijn vader, die ik later aantref in mijn moeders administratie, zal zijn woorden bevestigen. Er staat als extra kostenpost een lijkenzak op. Het lichaam van mijn vader had bijna een week in het water gelegen. Het was doorweekt en is daarom verpakt in de kist gelegd.

Clemens opent de achterklep van de lijkwagen. Ik zie een nieuwe grenenhouten kist.

'Dus hierin ligt mijn vader?'

'Ja.'

'Wil je de kist opendoen?' vraag ik.

'Natuurlijk. Maar ik ga je het lichaam niet laten zien. Dat wil je niet. Het kan ook een beetje muf ruiken, want we hebben de rits bewust opengelaten, zodat hij nu eindelijk kan vergaan.'

Clemens schuift het deksel van de kist opzij. Ik zie een crèmekleurige, glanzende binnenhoes, die iets bedekt.

'Dus hieronder ligt mijn vader?' vraag ik weer.

'Ja.'

'Ik sta nu bij zijn hoofd?'

'Ja.'

Ik strek mijn hand uit naar de bekleding en raak die aan. En dan gebeurt het: het universum scheurt open en ik word in een wormgat gezogen. Van het ene op het andere moment ben ik weer dertien jaar. Het is 1978. Mijn vader is dood. Ik breek. Ik begin te jammeren en onbedaarlijk te huilen. We hebben nooit afscheid van elkaar genomen, want hij vertrok als een dief in de nacht en was daarna bijna een week vermist. En nu is hij hier. Dichter bij hem ben ik in geen veertig jaar geweest. Ik haal diep adem en begin te ratelen. Alles wat ik hem nooit heb kunnen zeggen, gooi ik er in complete zinnen uit, alsof ik in de voorbije jaren heb geoefend. Ik laat hem weten dat het me spijt dat ik niet naar zijn begrafenis ben gegaan. Dat ik boos was. Dat ik hem niet begreep. Dat ik hem nu beter begrijp en dat ik het vreselijk jammer vind dat we nooit met elkaar hebben kunnen praten toen we allebei volwassen waren. Daarna vertel ik dat het goed met ons gaat. Dat hij kleinkinderen heeft. Dat ze hier ook zijn. Dat mama net is overleden en dat we haar vandaag gaan begraven. Dat hij met haar in een graf komt te liggen. Dat ik schrijfster ben geworden en dat mijn debuutroman voor een groot deel over hem ging.

Ik reik naar achteren. Bart geeft me een gesigneerde eerste druk van *De gelukkige huisvrouw*, die ik heb meegenomen uit de kamer van mijn moeder. Ik stop het boek bij hem in de kist, samen met een ingelijste groepsfoto van zijn kinderen, kleinkinderen en van mama, die we maakten toen ze vijfentachtig werd.

Nadat ik alles gezegd heb, voel ik een hand op mijn schouder. Het is Sam. Er staan tranen in zijn ogen.

'Ik heb mijn opa nooit gekend. Het was voor mij toch abstract. Maar toen jij stuk ging, brak ik ook,' vertelt hij me later.

'Ik ben blij dat ik je even heb gesproken,' zeg ik ten slotte. 'En ik beloof dat ik je hierna nooit meer zal opgraven. Rust zacht.'

De kist wordt gesloten. De dragers nemen hem op hun schouders en brengen hem naar het graf dat voor mijn moeder is gemaakt. Clemens overhandigt me een roos, die ik op de kist kan leggen. Deze man denkt echt aan alles. In zeer kleine kring wordt mijn vader voor de tweede en laatste maal ter aarde besteld.

Wat ik op het moment van de herbegrafenis niet besef, is dat er al enkele familieleden en vrienden bij Sint Barbara zijn gearriveerd voor de uitvaart van mijn moeder. Sandy, een vriendin van me, is zo vroeg dat ze met haar vriend Paul besluit een ommetje te maken op de begraafplaats. Wanneer ze ons kleine gezelschap ineens met een kist richting een open graf ziet lopen, raakt ze in paniek.

'Er klopt iets niet,' sist ze tegen haar vriend, waarna ze hem omlaagtrekt, achter een heg. Plat op hun buik liggend op een pad tussen de zerken kijken ze elkaar met grote ogen aan.

'We horen hier niet te zijn, we moeten weg,' fluistert Paul. Hij denkt dat Sandy zich heeft vergist in het tijdstip, dat ze de plechtigheid hebben gemist en nu ongewild getuige zijn van de besloten begrafenis van mijn moeder.

'Bij Heleen kun je alles verwachten,' probeert Sandy hem gerust te stellen. 'Misschien wil ze eerst haar moeder begraven en volgt daarna pas het afscheid.'

Paul laat zich niet overtuigen. Hij wil weg, en snel ook. Ze besluiten naar de uitgang te kruipen. Eenmaal daar, en weer rechtop, lopen ze recht in de armen van de andere gasten voor mijn moeders uitvaart en kunnen ze alsnog niet weg. Ze wandelen met hen mee naar de kapel, waar mijn moeder op dat moment naar binnen wordt gereden.

'Nog een kist...' stamelen Sandy en Paul, die maar niet begrijpen in welke klucht ze zijn beland. Verbijsterd nemen ze plaats op de achterste bank van de kapel.

Even later begint de uitvaartceremonie, en onwetend van dit alles spreek ik de met één oog geschreven grafrede voor mijn moeder uit.

'Als ik aan mijn moeder denk, komen er twee woorden in me op: bewondering en verwondering. Bewondering omdat ze de sterkste, maar misschien ook wel hardste vrouw is die ik heb gekend. Bewondering omdat ze drie tieners heeft grootgebracht nadat mijn vader veertig jaar geleden, in augustus 1978, een einde aan zijn leven had gemaakt. Bewondering omdat ze altijd volkomen zichzelf was en weinig tot geen moeite deed om aardig gevonden te worden. Bewondering omdat ze zeer zelfstandig was en mij ook heeft geleerd dat te zijn. Sommigen zouden zeggen "gedwongen", maar "geleerd" klinkt prettiger. Bewondering omdat ze nooit oordeelde over anderen, tenzij het politici waren. Bewondering omdat ze een scherpe blik had, waarmee ze dwars door je heen keek. Die blik heeft ze tot op het laatste moment behouden. Bewondering omdat ze me volkomen vrijliet in mijn keuzes. Bewondering omdat ze beschikte over een grote handvaardigheid, die mij vreemd is. Ze kon breien, borduren, haken. En netjes ook. Ze kon schilderen, behangen. Dit ging gepaard met een enorm doorzettingsvermogen.

Een van mijn mooiste herinneringen aan mijn moeder is de keer dat ze besloot dat er een nieuw vloerkleed in de huiskamer moest komen. Het oude was volkomen versleten. Ze zou er eentje haken; dat was goedkoper, had ze bedacht. Ze mat de huiskamer op. We gingen samen met lijn 1 met een paar plastic tasjes naar een wolwinkel in het centrum van Amsterdam. De eigenaar begon te lachen toen hij de tasjes zag. De hoeveelheid wol die nodig was om een kamerbreed tapijt te haken paste niet in een paar plastic tasjes. De wol werd thuisbezorgd. Mijn moeder ging op de bank zitten, plaatste de klossen wol om zich heen en begon te haken. Ze haakte met een groot aantal draden tegelijk, anders werd het tapijt niet dik genoeg. Ze haakte en haakte, tot ze een enorme rol op haar schoot had. Een rol van vier, vijf meter breed. Een rol die almaar dikker en dikker werd. Uiteindelijk had ze een kamerbreed tapijt gehaakt; het paste precies, maar ze had wol over. Sommige klossen waren al aangebroken. Die kunnen we niet meer terugbrengen, wist ze. Ze zuchtte diep en zei: "Ik haak de gang er ook nog wel bij." En dat deed ze. Ze hield er een arm- en schouderblessure aan over, maar dat deerde haar weinig. Dit was het moment waarop mijn moeder voor mij onsterfelijk werd.

Ik heb mijn moeder niet alleen bewonderd, maar me ook over haar verwonderd. Verwonderd omdat haar kijk op het leven zo anders was dan de mijne. Ze nam het zoals het kwam en deed zeker op latere leeftijd weinig moeite om er iets leuks van te maken. Het begrip "yolo" was niet aan haar besteed en een bucketlist had ze ook niet. Ze had veel pijn vanwege een versleten heup, maar weigerde zich eraan te laten opereren. Ze zat vaak eenzaam op de bank, maar als een buurman bij haar aanbelde, was ze eerder geïrriteerd dan blij. Elke verjaardag sprak ze de hoop uit dat dit toch echt de laatste zou zijn.

Nadat mijn moeder begon te dementeren, begon de kentering. Dementie is een vloek, maar kan ook een zegen zijn. In haar geval betekende het een grotere mate van afhankelijkheid. Afhankelijkheid van mij, om precies te zijn. De meeste mensen vinden het niet fijn om afhankelijk te zijn, maar als je van mij afhankelijk bent, berg je dan maar, want ik heb mijn moeders doorzettingsvermogen geërfd. Ik besloot een rode loper voor mijn moeder te haken. Een oneindige, lange, zachte, warme rode loper, waarover ze kon lopen met mij aan haar zijde. Als ze niet meer kon lopen, zou ik haar dragen.

Ik heb haar bewonderd omdat ze het toeliet. Ze gaf zich over. Ze werd zachter. Als ik aan haar vroeg: "Hoe gaat het met je?", zei ze niet meer standaard: "Rottig." Ze zei: "Goed." Ze genoot van een perzik. Ze was altijd blij als ze me zag. Ze werd aanhankelijk, ze zei dat ze van me hield en dat ik dat goed moest onthouden. Als dementie erfelijk is, wordt dat nog een hele opgave, maar ik zal mijn best doen.

Mijn moeder is altijd vol verwondering op zoek geweest naar de zin van het leven. Ze vertelde me dat ze die zin ooit een keer had doorgekregen van gene zijde. Mijn vader leefde nog. Het gebeurde toen ze de was aan het ophangen was. "Ineens wist ik het," zei ze, "wat de zin van het leven was, maar toen ik het aan je vader wilde vertellen, was ik het weer kwijt."

Na de dood van mijn vader heeft mijn moeder een zeer spirituele periode gehad. Ze geloofde in alles wat los- en vastzat. Numerologie, reiki, geneeskrachtige stenen, tarotkaarten, horoscopen, vorige levens – je kunt het zo gek niet bedenken. Er heeft zelfs een tijdje een reikimeesteres bij ons in huis gewoond.

Mama, als jij me iets hebt geleerd de afgelopen jaren, dan is het de zin van het leven. Het is heel simpel. We zijn er om voor elkaar te zorgen en elkaar lief te hebben. Een prachtig concept, al vrees ik dat ik niet de eerste ben die dit heeft bedacht.

Toen je afgelopen zondag overleed, waren we samen, jij en ik. Er was niemand anders. Je keek me recht aan, ik hield je vast, je zuchtte een paar keer diep en je vertrok. Je hebt altijd gezegd dat je zou blijven tot ik je niet meer nodig had en ik heb je die zondagmiddag verteld dat ik het nu waarschijnlijk wel zou redden zonder je en dat je mocht gaan. Het was een groot geschenk om bij je te mogen zijn toen het zover was.

Sinds zondagmiddag ben ik wees.

Mijn vader en mijn moeder trouwden op 11 oktober 1958. *Voor altijd verenigd*, schreef mijn moeder in het fotoalbum van hun huwelijk. Dat ging niet helemaal goed, er waren veel strubbelingen en het huwelijk eindigde in een scheiding. Die scheiding was op papier. In het echt ging mijn vader niet uit huis en toen hij vertrok was dat voorgoed. Ik was toen dertien jaar en zo boos dat ik weigerde naar zijn begrafenis te gaan. Ook zijn graf heb ik nooit bezocht.

Nu mijn moeder er niet meer is, voel ik sterk de behoefte om de pijn uit het verleden te verzachten. Om ook voor hen samen een tapijt te haken. Mijn moeder wilde worden begraven op Sint Barbara en dat wordt ze vandaag, op een prachtige plek. Ik heb besloten dat mijn vader bij haar mag liggen. Onder haar, dat wel. Hij moet zijn plek kennen. Als we straks mijn moeder begraven, ligt mijn vader in haar graf te wachten. Misschien hebben ze nog even wat uit te praten, maar ik hoop dat het niet nodig is en dat ze zich kunnen verzoenen met hun lot: *voor altijd verenigd*.'

Op de achterste bank stoten Sandy en haar vriend elkaar aan. Dat was het dus! Hun opluchting is groot. Pas maanden later vertellen ze Bart en mij wat er die dag is gebeurd.

Nadat we mijn moeder hebben begraven, verzamelen de gasten zich buiten voor de kapel. De zon schijnt nog steeds uitbundig. Er wordt wijn en een bittergarnituur geserveerd. De sfeer is informeel en gezellig, zoals dat nu eenmaal gaat als je afscheid neemt van een zevenentachtigjarige. 'Ze was niet in de wieg gesmoord,' zou mijn moeder zelf zeggen.

Als we uiteindelijk in klein comité overblijven, neemt Clemens me terzijde. De grafsteen is gearriveerd, met de juiste inscriptie. Hij is meteen geplaatst. Of we misschien even willen komen kijken. Natuurlijk willen we dat. Het graf van mijn moeder bevindt zich aan het hoofdpad van Sint Barbara. Het is makkelijk te vinden. We lopen erheen en bewonderen de steen, die prachtig en statig is, net zoals de marmeren rechthoekige omlijsting van het oude familiegraf, die ook is meegekomen. Binnen de omlijsting liggen grijze kiezels.

'Echte planten wil je niet,' aldus Clemens. 'Die gaan toch maar dood.'

Op de kiezels liggen nu de verse bloemstukken die mijn moeder heeft ontvangen, ook dat van ons.

'Als ze uitgebloeid zijn, krijg je de linten en de kaartjes,' belooft mijn uitvaartman.

Voor de derde keer die dag lopen we over het hoofdpad, terug naar de kapel. Terwijl ik de inscripties op de grafstenen lees, doe ik een onverwachte ontdekking.

'Verrek, daar ligt tante Geri,' roep ik uit.

Een paar graven links van dat van mijn moeder bevindt zich de laatste rustplaats van Geertruida Koemeester-Ligthart, een nicht van mijn moeder, die vlak bij ons in de buurt woonde in Amsterdam-West. Mijn moeder had niet veel vriendinnen, maar Geri was er een van. Ze ligt samen met haar man Jan in het graf. Ik herinner me dat hun dochters geabonneerd waren op de *Tina*, die ome Jan altijd aan het einde van de jaargang liet inbinden. Mappenvol *Tina*'s heb ik bij tante Geri verslonden als ik daar tussen de middag een broodje at of logeerde.

'Dat is waarschijnlijk de reden waarom je moeder hier begraven wilde worden,' zegt Clemens.

'Dat zal het zijn,' beaam ik. 'Gezellig voor mama dat Geri nu weer haar buurvrouw is.'

De herbegrafenis van mijn ouders heeft mijn gemoed meer verlicht dan ik ooit voor mogelijk had gehouden. Het enige wat nog aan me knaagt, is het onttakelde familiegraf in Amsterdam-Noord met opa en oma en zoon Piet, die in 1948, een dag voor zijn dertigste verjaardag, overleed. Ik gooi het in de groep, en alle neven en nichten zijn het eens: dit graf mag ophouden te bestaan. Het is tijd om ruimte te maken voor anderen.

En zo geschiedt het. Ik doe per 1 november 2018 afstand van graf nummer 23-034.

15 juli 2020

Op de sterfdag van mijn moeder en de dag nadat ik oma ben geworden, rijd ik naar Sint Barbara. Ik heb een paar bloeiende hortensiatakken meegenomen uit onze tuin en een met water gevulde limoncello-fles. Ik steek de takken in de fles en zet deze in het grind. Aan een van de takken hangt een handgeschreven kaartje:

Lieve mama & papa,
Gefeliciteerd met de geboorte van jullie eerste achterkleinkind. Hij heet Spencer en is de zoon van Olivia en Pieter en het broertje van de zonen van Pieter.
xxx jullie dochter, Heleen

Atleten

A.L. Snijders

Het hondje dat hier logeert is zeven jaar geleden geïmporteerd uit Spanje. Het had een zwierige Iberische naam, maar toen de kinderen op Schiphol zagen hoe klein het was, gaven ze het de naam Besje. Ik ken mensen die verontwaardigd zijn dat het hondje niet gekend is in deze beslissing. Ze vinden ook dat ik de poes niet van de stoel mag zetten als ik daar wil zitten, ze voorspellen dat ik nog raar zal opkijken bij de ontwikkeling van de dierenrechten. Ik heb drie katten die erg op mij gesteld zijn, ik geef ze iedere dag eten. Ze zijn nog nooit in huis geweest, ze leven buiten in schuren en hooibergen. Ze mijden niet alleen vreemd volk, ze mijden mij ook als ik met vreemden sta te praten. Ze zijn net zo groot als het hondje, met wie ze op voet van gelijkheid leven. Een paar jaar geleden heeft het hondje trouwens toen ik even niet keek een krielkip gedood. Het was de enige kip die ik nog had, ze liep los, ik was erg aan haar gehecht. Toch heb ik het hondje niet gestraft of toegeschreeuwd, ik heb zelfs niets van mijn verdriet laten merken. Ik weet eigenlijk niet hoe de verhouding tussen mens en dier is. Ik heb er geen speciale denkbeelden over. Ik heb jaren varkens gehouden. Die liepen in hun eigen wei en sliepen in diep stro. Ik vond dat ze een beter leven hadden dan de miljoenen industrievarkens in hun concentratiekampen. Maar ze werden wel opgegeten – door mij. Ze leefden lang, maar tenslotte moesten ze eraan geloven. De slager zei altijd dat hun vlees zo prachtig was. 'Het zijn geen varkens, het zijn atleten.' De meeste mensen die ik ken gaan discussiërend door het leven, van standpunt naar standpunt. Ik sta standpuntloos tussen varken, kip, kat en hondje – de dierenrechten ontwikkelen zich achter mijn rug.

Het wonder

J.M.A. Biesheuvel

Vader; je bent nu dood, maar deze geschiedenis herinner je je nog wel: Het was een wonderschone dag toen jij en ik op stap; op vakantie gingen. Ik was 14 jaar en had in een maand tijd *f* 34,– verdiend door flessen schoon te maken bij de Coca Cola-bottelarij in Schiedam. Wij schrijven zomer 1953. 'En neem niet zoveel mee', zei jij, 'je ondergoed en je hemd en sokken kun je wel in de beek wassen, er is daar vast en zeker een beek. Er zijn natuurlijk heuvels en je kunt lekker langs de brede Rijn lopen. Wat zal dat toch een heerlijke tijd worden daar in Opperwihr. Hoe verzin je het toch om mij een reis naar de Vogezen aan te bieden? Het was leuker geweest als moeder en ik samen hadden kunnen gaan, maar moe wil nu eenmaal op het huis en de kinderen letten.' 'Pa', zei moe, 'heb je aan je zakgeld gedacht?' 'Ik heb *f* 12,40 in mijn borstzak', zei jij, 'we zullen het goed er van nemen'. Jij wendde je weer tot mij. 'Er is daar geen radio, daar zullen wij zelf nou eens voor zorgen', zei jij. 'Doe jij de pick-up achter op de fiets, dan neem ik de radio.' Goed, de snelbinders rekten goed. Het was alsof we onze eigen penaten achter op de bagagedragers hadden. We reden met veel plezier naar het plein voor het Centraal Station in Rotterdam, zetten de fietsen tegen een hoge lantarenpaal, namen de pick-up en de radio onder de armen en wilden in de plezierbus stappen. 'Die spullen hebben straks geen nut', zei de chauffeur, 'er is in de barakken in Opperwihr nu eenmaal geen elektriciteit en ik weet niet of er nog tijd genoeg voor jullie is die radio en pick-up weer naar huis te brengen.' 'Die fietsen staan op slot', zei vader. 'Ik doe de radio en de pick-up gewoon onder de snelbinders. Dat doet geen kwaad. Ik hang er voor de zekerheid nog een brief aan.' Hij leende papier en potlood van de chauffeur en begon als volgt te schrijven:

> Waarde voorbijganger, deze fietsen, deze radio en pick-up, waarvoor ik allemaal hard heb moeten werken, zijn van ons: Cornelis Biesheuvel en zijn zoon Maarten, Burgemeester van Haarenlaan 138 b-beneden in Schiedam. We wilden de spullen meenemen om zelf op vakantie te genieten van muziek. Nu blijkt er geen elektriciteit te zijn in de barak in de Vogezen. Wel een uitstulpingsput en olielampen en houtvuren en 60 britsen. Ik was te laat om de radio en pick-up nog naar huis te brengen en ik laat die twee dingen maar hier staan. We zijn weg van 2 tot 16 augustus. Mocht u zin hebben om radio of pick-up te gebruiken, doet u dat dan voor een paar dagen, als de radio en pick-up uiterlijk 16 augustus maar weer op de fietsen zitten.
>
> Hoogachtend,
> C. Biesheuvel
> (archivaris bij de werf Wilton Fijenoord, Schiedam)

Een half uur later vertrok de bus en vader en ik hadden een prachtige tocht. In de barak waren alleen britsen en 4 olielampen. Vader en ik hielden er niet zo van om in de wijde omtrek uitstapjes te gaan maken. Pa kon het zo grappig zeggen: 'Alles tegelijk doen heeft ook geen zin. Het is bij de beek al mooi genoeg zo.' Zo zaten we de hele dag bij de beek tot op de 6e dag, toen vader zei: 'Ik hoor een enigszins knarsend geluid, we gaan maar eens kijken wat dat mag voorstellen.’ We hadden gelukkig een bijltje en hakten ons een weg door ruig en wild struweel. Toen kwamen we op een open plek en daar lag een berg zwaar grind tegen een ietsje uit de grond stekende as (plusminus 3 meter kwam de as uit de grond), de bloemen die daar groeiden waren zeer mooi en bekoorlijk. ‘Het is een zware as, diameter 2,2 meter, zoals ik die op de scheepswerf wel eens zie’, zei vader, ‘eens kijken of ik ook een kogellagerring zie of kan ontdekken’. We waren uren bezig met het verwijderen van de kleine stenen en het grind. Het geluid van de beek klonk ons daarbij steeds lieflijk in de oren. En we ontdekten de kogellagerring. ‘Wat doet dat ding hier in vredesnaam?’ zei vader. We zaten 3 uur te kijken naar een vast punt op de as (we hadden daar een krijtstreepje gezet) zoals dat punt ten opzichte van de vast verankerde lagerring draaide. ‘Jemig de pemig’, riep vader toen uit: ‘Zo draait de wereld om de áárdas, met déze snelheid! Het knarst! Wordt de as wel op tijd gesmeerd?’ Dat deden wij: we hadden een kannetje met stroperige, amberkleurige olie bij ons! ‘De radio en de pick-up hebben we op de fietsen achter moeten laten, maar zo heeft onze vakantie toch iets aardigs’, zei vader, ‘we hebben de aardas mogen smeren, die mag niet zomaar vastlopen. Maar nou eens iets anders’, zei vader, ‘ik wil mijn hand wel eens leggen op het snijvlak van de as, 3 meter boven de grond. Ik wil mijn hand wel eens daar leggen waar God hem houdt. Op het verre Java, reken ik uit, komt de as aan de andere kant weer uit de grond en God houdt de aarde ongeveer Noord en Zuid vast zoals je een pennenkoker tussen de palmen van je handen kan klemmen, de aarde glijdt, draait vrij tussen je handen om zijn pennenkoker. Je zou hem af en toe met je kin, omdat je je handen niet gebruiken kan, een zetje kunnen geven zodat de aarde draait.’ Vader was opgewonden en tevens nerveus. We sleepten een rotsblok van een halve meter aan en vader ging er op staan. Ik hield zijn voeten vast opdat hij niet zou vallen. Vader reikte hoger en hoger met zijn hand en trok plotsklaps wit in zijn gezicht weg. Zijn hand was zo hoog en ik was zo laag. De opwinding had hem in zijn greep, verbazing greep hem zoals een zeis de halmen en vader riep naar beneden, toen hij zijn hand op het ronde gladde snijvlak had gelegd: 'Maarten, Maarten, ik voel de hand van God! De overlevering, de mythe gebiedt mij nu de hand van God te voelen, maar het vreemde, het rare, ja het rare, oh het griezelige is... ik voel helemaal niets!' Toen hij dat zei, trok hij een gezicht als van iemand die zegt 'vreemd geval, maar je moet het niet verklappen'. Hij bleef een tijd in gedachten staan en kwam toen naar beneden. Ik vroeg of ik ook eens mocht voelen. 'Nee', zei hij, 'jij moet thuis catechisatie doen...' Ik heb toen nog een paar mooie dagen gehad, waarin ik mezelf erg moest beheersen niet in mijn eentje te gaan voelen aan de as. Eigenlijk was ik bang. Vader en ik zaten maar bij de beek. Soms gaf hij me een stuk geitenkaas. Dan weer dronken we uit de beek. 'Wat een rust, wat een genade, zo ijl is het hier. We zijn op 800 meter hoogte, zó te mogen leven, vooral de stilte is aardig en mooi. Het enige wat je hoort is het ruisen en kabbelen van de beek', zei vader.

Toen we met de bus weer terug waren in Rotterdam, stonden de fietsen er nog. De radio en de pick-up waren er eveneens. De platenspeler was wel 4 dagen gebruikt door de familie Kokange, Planetenstraat 23 in Monster (het stond in een brief die de onze had vervangen). Onze platenspeler had een AAG-9 naaldje en dat was versleten. De familie Kokange was zo vrij geweest ons naaldje door een nieuwe te vervangen. De brief eindigde als volgt:

> 'Maar wat een heerlijk, gaaf, mieters pick-upje, meneer Biesheuvel. Uw radio is ook mooi, maar we hebben er zelf een, zij

het een iets kleinere! Joop Kokange, Planetenstraat 23, Monster. Nogmaals dank. Land of Hope and Glory gaat véél beter op dit naaldje!'

Aldus eindigde de brief die in plaats van de onze was gekomen. We reden weer naar huis en ik bedacht: nu heb ik misschien de mooiste vakantie van mijn leven gehad. Vader keek op zijn fiets recht en streng voor zich uit en hij sprak duidelijk verstaanbaar, blijkbaar nog hoogstverbaasd over zijn ervaringen tijdens het betasten van het snijvlak van het ene uiteinde van de aardas (die we bij de kogellagerring gesmeerd hadden), maar toch was hij blijkbaar zijn geloof niet kwijt:

'Unser Gott ist stark. In Händen
Trägt er Sonne, Mond, Gestirne
Throne brechen, Völker schwinden
Wenn er runzelt seine Stirne.'

Hij wendde zich op de fiets tot mij, halverwege de rit naar huis, ter hoogte van het Witte Dorp, en sprak: 'Je bent een goeje jongen' en tuurde weer strak en recht voor zich uit en zei tot ons huis toe, 4 kilometer verder, helemaal niets meer...

De tramrace

F.B. Hotz

Al de voorafgaande vrijdagavond was het bijzonder warm. Kikkers waren overal hoorbaar en een bruine damp van muggen hing over het hele dorp. Bij open voordeuren, achter horren en vooral in de twee cafés werden weddenschappen afgesloten.

In Zuid werd het bierglas geheven naar Joop of 'de Lange' en z'n stoker. De eerste vertoonde een brutaal gepunte snor boven een brokkelgebit; de laatste werd met weinig vindingrijkheid de Wrat genoemd: nek, hals en handen waren overdekt met die uitwassen. In De Oranjeboom hield men het op machinist Ypema, die weliswaar niet 'van hier' was, geen bijnaam had, maar als een goed christen en vakman gold. Zijn stoker, niet meer schoon te wassen, kon vijfendertig of zeventig zijn en keek als een mensdodende aap. Hij paste nauwelijks bij de haast uitgestreken Ypema. Dat beide mannen weinig spraakzaam of nogal stug waren viel hier amper op. Vriendelijkheid was maar zelfverheffing of hovaardigheid, tenzij natuurlijk bij dominee zelf.

Deze laatste was overigens niet aanwezig, al dronk hij wel eens een glas bronwater of ranja in De Oranjeboom. Hij las thuis en had gedachten over volksvermaken die met de komst van de techniek ontaardden in kansspelen met een satanische inslag. God gaf geen stoom voor spel maar voor eerlijke nering. De dominee liefhebberde in natuurwetenschappen, geloofde meer in Moleschott dan in God en sprak vaker van evolutie dan van openbaring. Toch bad hij, en voor hij naast z'n eeuwig gaperige vrouw in bed stapte vroeg hij deze avond dat de genadeloze krachten der natuur in toom gebracht zouden worden en de mens ter hand gesteld tot zijn heil. Stoom fascineerde hem; hij bezag Ypema – die bovendien goed protestants was – met respect. Intussen zat de pastoor in Zuid nog aan de pils; z'n tonsuur glom van zweterige voorpret. Het was daar lawaaiig.

Een magere kromme boer, die – alweer weinig geniaal – 'de Boon' of Boer Boon genoemd werd in het dorp, zuchtte in zijn bedstee. Het weerlichtte een beetje zonder nog te rommelen; Boon werd daar onrustig van en zag muizenissen. (Eenmaal was hij bij fel onweer naar het bureautje van de veldwachters gestrompeld en had daar huilerig gestameld dat hij het nooit meer doen zou, waarop de brigadier hem lachend naar huis gebracht had.) Boer Boon geloofde niet in Moleschott of Büchner maar in God. Hij wist dat God kon straffen. Z'n vrouw had hij verloren aan een soldaat uit het naburig kamp. En hoewel iedereen, Boon niet uitgezonderd, dat eerder als een weldaad van de Heer beschouwde, geloofde hij dat het toch wellicht oorspronkelijk als straf bedoeld was.

Op de zaterdag van het evenement ging de zon stralend op. Men zou echter nog tot vijf uur in de namiddag moeten wachten omdat het interlokaal verkeer van de Zuider Tramway Company tot dan doorgang moest vinden om alle boeren en handeldrijvenden van en vooral naar het dorp te vervoeren.

Reeds om twee uur in de middag – de hitte was verschrikkelijk – hadden alle dochtertjes van de weduwe Haman haar witte matrozenpakjes aan en liepen daarin stil langs de rails. Om drie uur waren beide cafés al overbezet. Gemeentewerklieden, bekogeld met kiezel of paardenvijg door balorige jeugd, waren bezig de tramlijn te versieren. Op een hondenkar lagen een vijftiental aangepunte rondhouten palen, waarop oranjewimpels geschoven waren. Ze dienden ter markering van de baan. Aan het beginpunt, bij café Zuid – tevens wachtlokaal van de gelijknamige Tramway – was een soort erepoort opgericht in samenwerking met de timmerman. Aan het geïmproviseerd eindpunt, een vijfhonderd pas voor de wissel die naar enkel spoor voerde, bevond zich al sinds de vorige dag een spandoek tussen een telegraafpaal en een boom die het woord 'finish' behoorde te vertonen maar waarvan de 'h' was weggevallen ten gevolge van de eensluidende uitspraak van dit vreemde woord in het dorp.

Drommen volk liepen omstreeks vier uur op en neer door het dorp, meest bij de dubbele trambaan die aan haar buitenzijde een evenwijdig lopende sloot had die doezelig stonk. Boer Boon had het het warmst van allen, ondanks z'n magerte. Van ruiten, spiegels en water kaatste stekend zonlicht hete vlekken in z'n geel gezicht en hij hield z'n hand bijna voortdurend voor z'n ogen alsof hij naar iemand speurde. Hij keek naar meiden in witte kanten blouses en zwarte nauwe rokken. Hij zag ook Mathilde Haman in haar matrozenpak; op één na het grootste dochtertje van de weduwe, die terzijde van haar kudde zusjes liep. Hij draaide z'n ogen weg en volhardde in die zijwaartse blik tot ze voorbij was. Het kind had wezenloos gekeken, bezorgd noch blij, maar met een halfopen mond. Ze zag weer witter dan ooit. De Witte, noemde hij haar dan ook voor zichzelf. Maar zelfs die naam dacht hij niet ten einde, God was er ook nog. Hij schrok van de blik van de boswachter die voor de gelegenheid blijkbaar vrijaf had. Toch stroopte Boon nooit, en hij betrad geen enkel bos, tenzij in z'n droom. Om voor halfvijf begonnen de mensenmassa's al rijen te vormen, aan weerszijden van de rails. De roomsen doorgaans aan de westzijde, met de sloot en de al vrij lage zon in de rug, de protestanten aan de oostkant, met de petten en hoeden diep op de ogen voor het tegenlicht en menigeen nu, als Boon, met de hand op het voorhoofd. Allen staarden met puilende ogen naar Zuid, alsof de locomotieven uit het café moesten komen. God keek wat verbaasd naar de twee rijen Zijner volgelingen, gescheiden door zilverglanzend smeedijzeren staven. Waarom verschilden ze in hoofddeksels, gang en gebaar? Hij had geen voorkeur. Allen waren onbekwaam tot enig goed, zoals Hij al eeuwen her geopenbaard had. Het meest hield Hij nog van de kleine potentiële zondaren die alvast berouw hadden en Zijn Ogen om zo te zeggen in hun nek voelden.

Nu en dan werd het wachten bekort met een loos 'daar hebbie ze' maar pas om drie voor vijf kondigde rommelig gesis de eerste deelnemer aan. Het was een vierkante grauwe locomotief zonder wagons; twee ovale ramen in het hoge, rechte front keken goedig en star op de rails voor zich uit, alsof ze al die aandacht te veel eer vond. Het was Ypema's machine en er klonk zwak applaus, vermoedelijk alleen van de protestanten.

De andere mededinger had nog dienst en moest z'n laatste vracht passagiers nog binnenbrengen. Ingewijden verwachtten hem van de zijde der finish, maar de meesten waren zó gericht op het Zuid als vertrekpunt, dat een lacherige gil van prettige huivering opklonk uit vele vrouwenkelen toen hij plotseling opdook uit de andere richting en waarschuwde met een broeierige roep van z'n weinig gebruikte stoomfluit. Een ovationeel applaus – van beide zijden langs de rails? – beantwoordde die waarschuwing, terwijl men elkaar glimlachend achteruitdrong van de baan. 'Niet te dicht op, mensen,' riepen de beide veldwachters nu ook, glunderend, want het spel zou gauw beginnen.

Gauw, dat was te veel gezegd. Eerst moesten de passagiers,

lichtelijk verraste en duidelijk oningelichte boeren uit een ver dorp, nog uitstappen en dan begon een eindeloos rangeren met de rijtuigen die de laatste locomotief had binnengebracht. Lange Joop raasde daartoe al een keer in z'n slingerende machine achteruit tot voorbij de finish, een wagon opduwend die op het enkel spoor afgekoppeld werd en wat verlaten afwachten moest. Terugstomend naar het vertrekpunt barstte al een gejuich los: van de roomsen omdat lange Joop een van hen was – evenals de Wrat trouwens – en van de protestanten omdat hij van het dorp was. Ten slotte stonden de beide machines om bijna tien voor halfzes klaar voor de race. Naast elkaar tot op de halve duim en vol onder stoom. De beide stokers hijgden evenzeer als de machines. De koolzwarte locomotief van Joop had in z'n front een derde ovaal raam, iets hoger tussen de beide andere geplaatst. Dit gaf de bek iets loerends en onwezenlijks ook; kinderen waren er een beetje bang van, maar vele ouderen zeiden vertederd tegen elkaar: wat een lelijkerd, niet!

Vele bekenden stonden langs de ruim 2000 el lange baan. De dominee, ruimdenkend aan de roomse kant, of misschien vanwege de zon. De burgemeester had een plankier aan de finish en vormde het hoofd van de jury. De pastoor stond wat achteraf bij Zuid; hij keek benard alsof hij niet zeker van de overwinning was. Of misschien had hij alleen maar erge dorst. Herenboeren zweetten volop in het zwart onder zijden petten. Een notaris droeg z'n cilinder. En overal vrouwen met doeken en zelfs een elegante hoed met veren. Halverwege tussen start en finish stonden de dochtertjes van Haman, beschermend door ouderen naar voren geduwd opdat ze goed konden zien. De meisjes hadden allen een papieren rood-wit-blauw vlaggetje in de vuistjes met 'Hollandia Tafelwater' erop, een geschenk van De Oranjeboom. Ze hielden die aarzelend omhoog maar de driekleur wilde niet uitstaan door gebrek aan wind. Het bleven meer of minder strakke rolletjes. Boer Boon, die nog achter de rij groten stond en over de vele schouders naar het groepje gekeken had, pakte plotseling met lange arm het vlaggetje van de schrikkerige Mathilde af en rolde het naar de andere kant voor haar op. Toen het papier terugsprong stond het er iets beter voor, al bleef het krullen. Enkele mensen keken vertederd achterom, andere neutraal als koeien.

Vrouw Haman bleef in haar huisje. Met haar ongewone dikte had ze het te warm. Ze had de race al vorig jaar gezien. Ze bedacht hoe ze toen haar Mathilde grinnikend tegen Boon geduwd had en hem plagerig gezegd had: je wacht maar een jaar of tien, ouwe smeerlap; maar het ís m'n liefste, net d'r moeder toen die zo oud was.

Ondanks de vorderende dag trilde alles nog van hitte. De witte latten waaruit het wachtlokaal van Zuid was opgebouwd schitterden pijnlijk als op een overbelichte fotografie. De oranje vaantjes – waarvan er telkens een omviel (die ten slotte vanwege de veiligheid verwijderd werd) – hingen slap omlaag. Er volgde nog een controle van de rails door conducteurs der Company.

Toen werd het stil. De ogen puilden weer. Ieder moment kon de rangeerder de hoorn pakken die aan een vuil koord om z'n hals hing en de drie stoten blazen die het startsein vormden, net als het vorig jaar. Rustig lag de grote roze hand van Ypema op de afsluiter. Lange Joops bovenlip kroop wat omhoog. De rook steeg in dubbele kolom pikzwart omhoog. De Wrat en de leeftijdsloze aap glommen als met olie overgoten. Ze stampten bukkend in de ketels en waren vanaf de weg nauwelijks zichtbaar. De stoomschuiven lekten sissend, nu en dan brulde een veiligheidsklep en spoot een straal aanvankelijk onzichtbare stoom omhoog uit het beroet dak. Stoomcilinderolie en lagerpotten geurden naar warme levertraan.

Boven het hele dorp hing trouwens een stank die opkwam en wegtrok als kiespijn. Het was een combinatie van vee, uien, duivenhokken en tonprivaten. (De burgemeester beloofde ieder jaar dat 'thans een einde zou worden gesteld aan de nog resterende tonnen' maar ze stonden er nog.)

In volkomen stilte wachtte men de laatste seconden door. De dominee bad in zichzelf, verward, over de blinde wetten van het heelal, en of God de mens wilde leiden. Boon zweette erger dan de stokers. Het was of hij uit kokend water was opgerezen, hij had Mathildes wit polsje aangeraakt maar God wist, moest weten, dat het volledig per ongeluk gebeurd was. Ze had hem trouwens niet eens aangekeken toen ze haar vlag terugontving; even hadden haar lippen een beverige stulping gemaakt, aanloop tot een glimlach, en dat was alles. Maar hij vond het genoeg. (Hij zou haar trouwens nog zien glimlachen.) Hij vond het genoeg als vreugde en vergrijp: hij zweette van angst, dát was het. Mathilde was mager, een beetje scheef in de schouders en licht adenoïde, maar ze had een bovenaardse weerschijn van melkwit over het weinige wat Boon van haar huid zag: het stengelnekje, een koon met een babbelaar erin en die polsen. Lager wilde Boons blik niet komen. Haar roestig haar rook naar melk. Dat was ook goed.

Iedereen was er nu. Ook de dorpsgek, die één hand steeds malend om de ander sloeg en een natte imitatie van ontsnappende stoom gaf. Ook de Kroep, die z'n gezwel – met paarswit en rood gespikkelde gespannen huid – onder z'n open mond leek tentoon te stellen door steeds naar boven te kijken, in de blakerende lucht.

De rangeerder knikte naar een voor het publiek onzichtbare, grabbelde nerveus aan z'n koord en zette het koperen hoorntje aan z'n lippen. Hij liet het ding weer vallen en riep naar lange Joop: 'Ken die nauw?' Joop knikte met opgetrokken lip. Ypema leek een standbeeld. Ten slotte klonken drie te gehaaste, nerveuze stoten op het instrumentje. 'Da's geen blazen,' riep een boer.

De beide machines braakten echter gelijktijdig opzij en vanboven stoom en kwamen langzaam en stroef in beweging. Er werd gelachen. Met verfijnde psychologie had men weer een valse start geënsceneerd – het vorige jaar was het een andere chicane geweest – en grinnikend vlagde een 'lijncommissaris' af. Het traject was kort en het feest moest gerekt. Iedereen wist het en grijnsde. De rangeerder speelde de komediant, sloeg zich kwansuis voor de groezelige mond en beloofde mimisch beterschap. Men lachte traag en met open monden.

Het volgend sein was goed en Joop, in de binnenbaan langs de steenslagweg en de huizen, leek direct iets voor te liggen. Z'n zwarte 'drieoog' stampte boosaardig op, de spuitende stoom stonk naar slootwater en er was een vage knoflooklucht van de slingerende carbidlamp. Men schreeuwde met rode koppen en opgeheven armen; ook de protestanten gilden mee voor roomse Joop nu hij toch aan de winnende hand was; ze kenden hem zo goed. Maar Ypema kwam aardig bij; hij reed gestager en het was onmiskenbaar dat hij in ging lopen op Joop.

De burgemeester op z'n stellage aan de finish richtte een kijker op de rechte, lange baan. In de achterstraten, nog achter het plein, begonnen paarden te hinniken, want velen waren met kar of brik uit de omtrek gekomen en uit voorzorg moesten alle dieren ver van de lijn vastgebonden staan. Ook enkele honden jankten begriploos in hokken of delen.

Nu Ypema succes leek te gaan halen imponeerde hij weer in z'n bijna deftig geachte koelheid. Fanatiek applaus, beschaafder dan het schreeuwen voor Joop, klonk op. Met de donderende en blazende koffiemolens nu op vrijwel gelijke hoogte begonnen de partijen zich weer te splitsen en in beide kampen gilden vooral vrouwen en jongensstemmen aanmoedigingen.

Lange Joop vertrok mond en snor nu zó, dat hij een hazenlip scheen te krijgen. Knobbels als kieuwen maalden op z'n kaken. Omdat hij een halve el achter dreigde te raken leek hij z'n machine met rukken naar voren te willen werpen; de Wrat bleef met paarse kop gebukt over het vuur. De schoorstenen van beide locomotieven gaven nu al korte vonkenregens van zich. De hoogste capaciteit leek genaderd of overschreden.

Het geschreeuw nam toe, armen breidden zich extatisch uit als bij dronkenschap. Zondagse petten vielen in het gras. Een zwarte meid met naar voren krullende spuuglokken op haar slapen gilde: 'Toe nou Joop, laat die Friese klerelijer de pest krijgen.' Daar werd zowel afwijzend over gemompeld als over gelachen. Maar een ander gelach steeg op, meer hilarisch, nu bijna in het midden van het traject. Daar ging iets verkeerd maar het scheen grappig te zijn, want men wees en proestte. Die aan het beginpunt gingen op hun tenen staan en met de handen boven de ogen om te zien wat het was. Misschien had Joop te ruw gereden, of te bruusk stoom afgesloten maar zij die dichterbij stonden zagen dat van z'n 'drieoog' de achteras juist naast de rails kwam. De locomotief hipte idioot met de achterwielen over de biels 'als een in het achterwerk getroffen haas op de vlucht' zoals de boswachter later zei. Een ratelende serie slagen klonk op als van een voorwereldlijke specht. En dan hield het lachen op al bleven de monden open. Want de briesende machine keerde zich met een nijdige ruk een kwartslag; grind spoot omhoog, biels versplinterden en de zwarte ovale ogen grijnsden een seconde naar de meisjes in matrozenpak, die onbeweeglijk stonden omdat het te vlug ging. Omdat de achterwielen haakten in aarde en achter schrapende rails ging de vooras omhoog en het monster leek een triomfantelijke hap te nemen. Men meende een zuigend geluid te horen. In die schrokkende muil verdwenen drie of vier kinderen; toen wankelde het gevaarte en z'n zwarte flank zakte langzaam naar Mathilde, die misschien nog achteruit had kunnen springen.

Ze weerde het vallend monster af met een verlegen glimlach, het vergeeflijk lachje van het allerzwakste tegenover het allersterkste, dezelfde vage lach waarmee ze op school voor zich uit keek als ze iets heel doms opgenoemd had en de kinderen krakend schaterden. Ze stak haar stokarmen wel voor zich uit maar keek daarbij achterom of zo'n gebaar wel passend was.

Ze lag met beide witte benen onder het sissende, namokkende monster en glimlachte zeer verontschuldigend naar de boer, die lijkbleek naast haar knielde en God fluisterend aanriep.

In de nog altijd blikkerende hitte – die wel iets van een luchtspiegeling had – was het een langdurig moment absoluut stil. Ook de dieren zwegen, maar broedend en argwanend. Pas met de volgende zucht ontsnappende stoom uit de gekantelde machine begon, aarzelend en bescheiden, een diep gedempt krijten, eigenlijk haast neuriën, rijzend en dalend als van zeer zwakke sirenes. Niemand verroerde; men stond met beschaamde kaken. Een vrouw lachte kort. Dan kwamen enkele mannen als mieren in beweging. Ypema, die zijn machine een vijftig pas verder had stilgezet, kwam over de biels aanlopen en riep met z'n snerpende stem: 'De kaapstander!', als gold het een toverspreuk die alles ongedaan kon maken. Twee boeren hielden zorgelijk lange Joop in balans, die een bebloede kop had en scheen dubbel te slaan. De Wrat kroop als een schimmelige krab achterstevoren uit de locomotief maar leek ongedeerd. Men zou touwen halen, katrollen, een ladder. Iemand schreeuwde dat de majoor gewaarschuwd moest worden. De harige stoker van

Ypema stond diep fronsend toe te kijken bij de andere machine; hij had gebalde vuisten alsof hij het bezit van zijn meester tegen mogelijke volksongunst wilde beschermen. In de verwarring zag men aanvankelijk over het hoofd dat een der rondhouten uit de grond gereden was. Die had, als een granaat, oranje wimpel en al, het voorhoofd van het kleinste meisje getroffen en het op slag gedood. 'Ik hoorde een holle knak!' zei een glimmende boerin wel twintigmaal met grote ogen.

Intussen hing er opeens een nevel die op vuil zand leek boven het dorp, waaruit de gelijkkleurige muggenwolk scheen uitgezuiverd. Maar op dun sijpelend bloed kwamen nu dikke steekvliegen af.

Verschillende mensen van beiderlei geloof en kunne baden. De roomsen knielden soms; de protestanten stonden diep gebogen alsof ze een nekslag toe verwachtten.

De dominee stamelde: 'God, Uw wetten die U gegeven hebt tot heil, hebben we gebruikt tot –' verder stokte hij. De burgemeester zonk ook op de knieën; de kijker aan het riempje slingerde, z'n hoge hoed legde hij voor zich in het gras. Hij verzekerde God in ruil voor hulp dat hij de tonprivaten zou doen opruimen, definitief; de komende week zelfs nog.

Vrouw Haman, gretig gewaarschuwd, wierp zich gillend voorover op de keukenvloer, stampte met een vuist en een kwabbelend been op de plavuizen en bezwoer God dat ze nooit meer Boons onbestorven weduwnaarschap belachelijk zou maken, als ze haar kinderen terugkreeg.

God zag al die beroering wel, ook het nieuwsgierig dringen om de plek van het onheil – sommigen hipten op de tenen om wat bloed te kunnen zien –, maar Hij lette nog het meeste op Boon, die in nimmer aflatende concentratie smeekte met iedere knook van z'n aan beenderen zo rijk lijf.

De zwarte meid met de spuuglokken, die Joop zo onoorbaar had aangemoedigd – een mollige zigeunerin die in het dorp inadequaat 'de Italiaanse' genoemd werd – draaide het tafereel letterlijk de rug toe en begon terug te lopen naar het soldatenkamp. 'Gedverdemme,' riep ze kwaad. Ypema's locomotief liep intussen langzaam, zeer langzaam, naar z'n uitgangspunt terug. Iedereen week nu ver achteruit van de baan om hem ruimte te geven; sommigen huiverden even zichtbaar en de kleinste kinderen waren gaan jengelen.

De majoor, de militaire arts van het kamp, was eindelijk gewaarschuwd door een boerenzoon op een trekpaard. Hij en z'n oppasser verschenen op de weg langs het enkelspoor te paard. Verder naar achteren bolderde een Rode Kruislegerkar, hoog op de poten. Nog verder op de dijk volgde een peloton manschappen in witte werktenues, aangevoerd door een zwetende en vermoedelijk vloekende sergeant. Ze droegen houwelen en scheppen, als gingen ze een schans opwerpen. Op een handkar lagen takels, palen, en een paar lege kruittonnen.

De boer bij Mathilde had onveranderlijk geknield gelegen, de handen gevouwen, en hoewel er hier geen binnenkamer was om zich terug te trekken, zoals de Schrift gebood, had hij aan één stuk gebeden. God, laat het niet waar zijn; laat het gisteren zijn. God, keer de tijd terug, het is te erg met Uw permissie; God, U kunt het toch, laat het gisteren zijn, of één uur geleden. Ik zal dan op de rails gaan liggen, ik zal met de armen uitgestrekt voor de locomotieven staan. God, wees ons zondaars nog één enkele maal genadig. Z'n knieën kraakten op het grind en dat was best. Ze staken al of ze zelf versplinterd waren.

God zat in Zijn Eeuwig Wachthuis en keek naar de boer. Men had Zijn Tekens weer eens niet verstaan. Overigens was het Hem niet duidelijk of Boon alleen Mathilde, of álle kinderen wilde redden. De zon hinderde God, maar uit Z'n eeuwige wijsheid emaneerde de regenwolk die wij al signaleerden en verbleekte het licht. Slagschaduwen markeerden de boer. God zag de groezelige tranen en verstond de woorden. Hij luisterde. Hij hoorde ook dat zangerig kreunen en vond met Boon dat het te erg was. Hij overzag de glimmende rails en de dijk. Kon het nog, vroeg God Zich af. De militaire arts was er nog niet, de manschappen van de Genie nog lang niet. Maar wat hun te laten zien als ze arriveerden? Wat moest de zin van hun vertrek zijn? God glimlachte bij een inval. Zijn Genade zag scherper dan Zijn Gedachte: in een letterlijke bliksemflits combineerde Hij Zijn Intuïtie met de verkleinde schaal van Z'n Gedachte, de noodwendigheid, tot voor menselijke denkvorm inschuifbare proporties die beneden 'realiteit' schenen te heten. 'Laat het een uur geleden zijn,' had de boer gesmeekt. God rekende. Een halfuur was ook goed. Een kwartier zelfs; het kon nog.

God stak Z'n Oneindige hand uit naar een reusachtige hendel in het Hemels Wachthuis. Zijn hand was rustig en sterk, alle liefde zetelde nu in de Spieren. Hij duwde het staketsel, dat van een soort kunststof vervaardigd leek die op aarde vooralsnog onbekend was, een kwartslag van Zich af.

Een explosie leek te volgen; een slag als tachtig jaren later wel op aarde gehoord kon worden wanneer men de geluidsbarrière zou leren doorbreken. Zonder aarzeling, zoals op aarde een trouw kanonnier van de koning, maar dan onbegrijpelijk verhevener nog, beroerde Hij die kunststofstaaf, die in een oude geelkoperen huls uitmondde tot in een ondoorgrondelijk scharnierbekken onder de vloer van het groot Wachthuis.

Beneden in het dorp had haast ieder even een hand of onderarm voor de ogen gehouden. Een bliksemstraal schoot tot vlak bij de kleine hooiberg van Boer Boon. 'Gods toorn,' mompelde de dominee, maar hij was weer mis, het was immers Gods genade. De Kroep, die altijd omhoogkeek, zei later steeds een komeet gezien te hebben; anderen voelden tijdens die flits een lichte pijn op de plaats van hun gouden horloge.

Toen de bruingebrande dokter in z'n hooggekraagde uniform bij de omgeslagen locomotief kwam vond hij de boer zwaargewond. De benen waren zo goed als afgekneld. Sinds Atjeh voor geen kleintje vervaard zaagde hij erop los; een veldamputatie als in z'n beste jaren. De boer schreeuwde niet en weigerde jenever. De Rode Kruiswagen kwam zo nog goed van pas. Ook de kruittonnen. De arts stak de beenstompen in de tonnen ter stelping en de boer zag eruit als een reusachtige gevelde duikelaar. Aan de majoor werd uitgelegd dat de boer blijkbaar de hitte in de kop gekregen had: hij was met uitgespreide armen voor de aanhijgende tram gaan staan. Door het plotseling afremmen was die ontspoord en omgeslagen. De dokter knikte. Alles was verklaard. Z'n soldaten hielpen de zwartgeblakerde machine overeind met touwen en katrollen, krikken en dommekrachten, en de kaapstander, uit een verlaten schuur tevoorschijn gekomen, deed toch nog dienst. Dan kregen ze bier in Zuid en vertrokken boerend en ginnegappend terug naar het kamp. De majoor werd bedankt. 'Jullie torenklok staat stil,' zei hij.

Mathilde zag nog wat wit van schrik en liep trillerig – maar met al haar zusjes – naar huis. Niemand plaagde haar nu: álle meisjes hadden even gehuild, niet zij alleen. Alleen de jongste jengelde nog wat na: ze had een schram op haar voorhoofd en haar vlagje was geknapt. Mathilde gaf haar het hare.

’s Avonds in De Oranjeboom werd op een met bier besprenkelde vergadering besloten dat de tramrace het volgend jaar in ieder geval door zou gaan. ‘Het had erger kenne wezen,’ zei een wethouder; hij ging voor de vierde maal wateren waarbij hij, langs de tapkast komend, nog een bier bestelde. ‘Dat rondhout sloeg rakelings langs dat kind d’r kop,’ zei hij nog. De waard knikte.

In zijn huisje langs de baan hield lange Joop als een vorst audientie met een bruinbebloed hoofdverband.

Toen Mathilde bij haar moeder kwam viel die in haar onderjurk (vanwege de hitte) op het kind en drukte haar knellend aan de zwetende en puilende borst, zodat een slorpend geluid optrad als at iemand soep toen het meisje zich glimlachend losrukte. Na telling van alle zusjes werd God gedankt waarbij allen eerbiedig zwegen, maar Mathilde had de hik gekregen van de omhelzing en giechelde met de handpalm op de stulplippen, zodat haar wangen doorschijnend blauw opbolden.

Het dorp had er nu na korte tijd een bezienswaardigheid bij: een gewezen boer zonder benen ‘op een plankie’, zoals de jeugd zei. De timmerman had een lage kar voor hem gespijkerd met vier wielen. Boon, die nu niet Boon meer heette omdat hij niet lang meer was, zat met een paardendeken over z’n stompen op dit getimmerte. Hij kwam niet hard vooruit omdat hij met één hand een achterwieltje moest beroeren en met de andere het touw voerde, dat de vooras – gemaakt uit een van de rondhouten van het feest, maar zonder wimpel natuurlijk – moest bijsturen. Hij werd dik en z’n blik was ingekeerder dan ooit. Eerst had hij passief zittend gebedeld aan het perron bij Zuid, later kreeg hij van de burgemeester een toelage (op aandringen van de dominee) en in de beide cafés kwam een collectebusje te hangen waar het schuldig volk bij het naar huis gaan iets in stopte, de eerste maanden.

Als hij Mathilde ontmoette op de steenslagweg of het plein sloegen beiden de ogen nog verder neer dan vroeger, alsof ze oude medeplichtigen waren. Ze werd erg lang; jammer dat 'de Plank' – Boons nieuwe naam – nu zo kort was.

Nec mergitur

Simone Atangana Bekono

De woonkamer was het minst goed ingericht. De schouw was kaal, de eettafel stond verloren voor de glazen schuifdeuren, zonder stoelen, de witgeschilderde muren leeg op de spijkers waar geen schilderijen aan hingen na. Iedere keer dat ze binnenliep voelde het alsof ze een balzaal betrad. Ze had er eigenlijk nog nauwelijks gezeten. De bank die ze uit het appartement in Den Bosch had meegenomen stond midden in de kamer, zonder kussens, geen kleed over de rugleuning. Een doos vol sjaals met daarop een dienblad diende als salontafel. Toen ze aankondigde dat ze ging verhuizen hadden mensen haar gevraagd of ze het niet naar vond, alleen aan de kust in dat leeggelopen Zeeuwse dorp. Het klopte niet: zij, daar. Ergens snapte ze zelf ook nog steeds niet wat haar bedoeling was geweest. Hoe belangrijk waren de aardappelvelden en de in een rij geplante bomen langs de fietspaden richting de kust voor haar? Wat zocht ze in het wakker worden door de roep van een zeemeeuw, zo schel en bestraffend als die kon klinken? Er was een verbinding, misschien een nostalgisch gevoel, maar ook dat gevoel was vaag en ondergesneeuwd geraakt met allerlei andere betekenissen die ze had gezocht. Uiteindelijk was het heel simpel: ze had besloten dat ze dit zou doen en dus had ze het gedaan.

Er was een leven voorbijgegaan zonder dat ze het had beseft. En toen ze haar jongste zoon aan het verhuizen was, een jaar geleden, was ze tijdens het schoonschrobben van het keukenkastje boven het gasfornuis in de jarendertigkeuken ineens in huilen uitgebarsten. Een intens, stil verdriet, omringd door chloorlucht, witgeverfd hout en aangekoekt stof. In de auto, op weg terug naar haar eigen appartement, kwam de paniek in golven. Ze was kwaad dat ze de aankondiging gemist had, wat die dan ook moge zijn geweest. De menopauze had een fysieke transformatie geleken, maar niet de introductie van een nieuw bewustzijn. Nu pas had haar ziel haar lichaam in weten te halen, en het samenvallen van die twee viel haar zwaar. Ze walgde, rouwde, trilde door een vrijheid waar ze niet om had gevraagd. Ze moest haar auto langs de weg zetten om te bedaren. Honderden andere voertuigen raasden voorbij en zij deed er drie kwartier over om haar hand naar het contactslot te bewegen, de motor weer te starten.

De eerste weken in het nieuwe huis had ze in bed gelegen, woordzoekers ingevuld, films gekeken, slechtgebakken pizza's besteld. Ze had haar benen onder de douche geschoren, zittend want dat kon nu, en terwijl ze op korsten van het pizzadeeg van de dag ervoor kauwde wreef ze over haar gladde schenen, herlas ze boeken of deed ze dutjes. Het gaf haar een onbegrijpelijk gevoel, alsof ze buiten de tijd bestond, zonder aankomende ouderdom, de daaropvolgende eenzaamheid, los van haar meest vormende herinneringen. Ze voelde zich alleen nog maar lijf, op de meest basale en verrukkelijke manier. Ze had zowaar al jaren dit specifieke lichaam gehad, had plooien, putten en slijtend kraakbeen zien ontstaan, maar nu pas ervoer ze het. Als een onontdekt, oeroud bos waar ze op een onbewaakt moment in was gewandeld.

De nutteloze besteding van de dagen liep synchroon met het beginnen van de lente, die zich met moeite kenbaar maakte. Maar toen had ze het schilderij gevonden, in de wandkast naast de schouw. Het lag opgerold op de bovenste plank. Ze was net begonnen met de woonkamer in te richten. Haar zoons zouden binnenkort langskomen en hoewel ze genoot van de chaos van een onaffe inrichting, vond ze het nodig om ze toch in een opgeruimd huis te kunnen ontvangen. Ze wilde een doos met naaispullen uitpakken en in de wandkast leggen toen ze het doek zag liggen. Ze had er de hele middag naar zitten staren, de geopende verhuisdozen om haar heen vergeten. Een portret van een bleke, jonge vrouw. Ze droeg een witte hoed, een moeilijke constructie van ruches en zijde om haar torso en bovenarmen gewikkeld, zwarte handschoenen over gevouwen handen die op haar nog net zichtbare schoot lagen. Hoewel de schildertechniek goed leek, of in ieder geval overtuigend overkwam, merkte ze dat het schilderij haar ongemakkelijk maakte. Ze ergerde zich aan de poederblauwe achtergrond, de overdreven blosjes op de wangen van de geportretteerde vrouw. Het ergste aan het portret was haar blik. De gedetailleerde ogen van de vrouw op het portret leken zo hol in de ziel van de aanschouwer te kijken dat alles wat erdoor gade werd geslagen als een snerpende echo misvormd en naakt terug werd gekaatst. Haar blik zag alles in zijn totaliteit en veroordeelde dat, betreurde dat, raakte er vermoeid door maar was niet verrast. De vrouw op het doek slokte het huis op maar liet het daarna teleurgesteld weer uit haar mond vallen.

Ze rolde het doek pas tegen het vallen van de avond weer op, gooide wortels, peultjes en spinazie in een pan, wokte het door een restje bami heen.

Het gekke was dat het onmogelijk bleek om het doek weer op te bergen. Toen ze de eettafel met een tafelkleed en zorgvuldig geselecteerde kaarsen decoreerde, keek ze vanuit haar ooghoek naar het doek. Toen ze plinten afstofte, de servieskast inruimde, kunstboeken op een bijzettafel legde, staakte ze halverwege haar taken toch even het werk, ging op de bank zitten, probeerde met de geportretteerde vrouw te communiceren. Toen ze dan toch haar blik wist af te wenden, het doek oprolde en tegen de muur in de wandkast zette, wist ze na het dichtdoen van de kastdeur niet eens meer hoe de vrouw eruit had gezien. Specifieke kenmerken bleven haar bij, maar het totale plaatje kon ze zich telkens niet voor de geest halen. Ze had verschillende beschrijvingen van het werk proberen te googelen, om te kijken of het een replica van een beroemd werk was, of er weleens over was geschreven. Ze had het canvas nauwkeurig geïnspecteerd, op zoek naar initialen, een paraaf, iets. Het doek stonk naar stof en vocht. Het was zwaar van de vele lagen verf. Maar geen spoor van de maker naast de stijl, de onbegrijpelijke connectie die hij met zijn model moest hebben gehad.

Ze betrapte zichzelf erop dat ze steeds weer de blik van de geportretteerde vrouw probeerde te doorgronden. Wat was haar relatie tot de schilder geweest? Waarom keek ze zo teleurgesteld? Wie had haar wat aangedaan op zo'n jonge leeftijd dat de afkeer, het verdriet, zo overduidelijk in haar blik lagen?

Ze sliep sinds ze het doek gevonden had slecht. Misschien kwam het doordat haar huis nu langzaam maar zeker een af geheel begon te worden en ze dat moeilijk te accepteren vond na die eerste paar weken waarin ze zonder verantwoordelijkheidsgevoel aan kon modderen. Maar het was niet alleen dat ze moeilijk in slaap kwam, vermoeid opstond. In een constant terugkerende nachtmerrie schrok ze wakker door het geluid van zwermen zeemeeuwen die in volle vaart op haar ramen af kwamen vliegen. Haar bed, dat tientallen meters van het raam verwijderd leek, was een enorme constructie geworden waar zij piepklein, en platgedrukt door de zware dekens, in leek te liggen. Het bed stond op het raam gericht en het geluid dat het begin van de droom inluidde kwam van een grote zwerm meeuwen die zich als witte, natte proppen papier tegen het glas aan smeten waarna ze met gebroken nekken aan de voet van de magnolia in haar achtertuin belandden. Ze kon niet bewegen in de droom, alleen de waas vogels zich te pletter zien vliegen, weggezakt in het matras. Het geroffel was oorverdovend en angstaanjagend. Gebonk en gekrijs, een storm van geluid. Gehypnotiseerd en in doodsangst verkerend moest ze naar het tafereel blijven kijken tot één bek, de vaart van die ene meeuw, met een enorm, krakend geluid het glas van het raam wist te breken, de meeuwen haar slaapkamer binnendrongen, in een nog grotere zwerm gieren veranderden en krijsend van haar gerimpelde buikhuid begonnen te plukken terwijl zij zich schor schreeuwde van de pijn. De gieren scheurden stukken vlees van haar lijf tot er slechts bot en spier en bloed over was. Tot er enkel nog een huilend geraamte overbleef. Met dat laatste, bizarre besef werd ze al dagen achter elkaar wakker, het zweet koud op haar lijf.

Toen de magnolia uitgebloeid was, leerachtige, witte bloesembladeren over haar tuin verspreid raakten en uiteindelijk bruin in het gras wegkwijnden, kwam de inrichting van haar huis tot een einde. De woonkamer was klaar, de keuken ingericht en van gerei voorzien. Ze twijfelde wat ze met het doek moest doen. Ze was op een punt gekomen dat ze na voor de zoveelste keer de ochtend te beginnen met de fantoompijn van afgereten vlees had overwogen het werk te vernietigen. Het was in haar ogen tijd om af te rekenen met het absurde gevoel dat het portret opriep, met de dromen. Ze had dan wel genoten van haar nieuwe staat van zijn, maar als ze nu in de spiegel keek zag ze niet meer een haar onbekend, interessant lichaam, maar de consequenties van haar leven. Alsof het staren naar het portret haar eigen ogen had bezoedeld zag ze nu slechts ouderdom, verval, alle fouten, miscommunicaties en zwaktes die zich in haar leven hadden gemanifesteerd. Ze had ondanks het feit dat de zee haar grote motivatie was voor de verhuizing nog geen enkele strandwandeling gemaakt sinds ze hier was komen wonen en nu kon ze dat mooi combineren met het vernietigen van die ogen. Het portret moest weg. Ze had geen zin om te bedenken of het logisch was dat ze zo'n dramatische keuze maakte. Ze kleedde zich aan, pakte het opgerolde doek uit de wandkast in de woonkamer en bond een touw om de rol heen om 'm beter vast te kunnen houden op weg naar de zee.

Toen ze de regen in liep, haar tuin uit, richting het duinpad, bleef ze omkijken naar haar huis, alsof het, als ze het niet in de gaten zou houden, elk moment vlam kon vatten. Ze herinnerde zich haar grootvader, die haar toen ze nog klein was leerde zwemmen in het zeewater. Hij met zijn lange, gespierde benen als de houten palen van een pier, haar kleine lijfje rustend op zijn onderarmen terwijl ze tegen de baan van de golven in spartelde. Nooit had ze zich sinds die eerste zwemles nog zo klein maar ongenaakbaar gevoeld. Eén kort moment vroeg ze zich af of die herinnering, de intensiteit ervan, de blik in de ogen van de vrouw op het portret kon doen veranderen. Of ze de kracht ervan door die gitzwarte irissen kon laten opslokken en een verandering in de waarschijnlijk honderd jaar oude, op het doek vereeuwigde bitterheid kon doen verdwijnen. Even greep ze naar het canvas, maar van die actie schrok ze zo erg dat ze snel doorliep, door het helmgras de duin afdaalde.

Aangekomen bij de zee haalde ze de schaar uit haar jaszak. Het begon vloed te worden. Golven likten aan het achtergelaten schuim van hun voorgangers. Met haar laarzen tot aan de enkels in het water haalde ze de schaar door het midden van het doek, toen door het midden van het midden, en toen door het midden daarvan. De snippers hield ze onder haar oksel geklemd tot ze het schilderij als een stuk spekkoek tussen duim en wijsvinger geklemd kon houden. Toen de snippers klein genoeg waren smeet ze ze voor zich uit de zee in. Een windvlaag stak op en ze wist, misschien doordat ze hun schelle roep steeds dichterbij hoorde komen, dat de meeuwen die verderop rond de vuilnisbakken cirkelden aan kwamen gesneld, langs zouden scheren om de snippers van het schilderij op eetbaarheid te inspecteren, mee te pikken, ermee weg te vliegen. Sommige stukken belandden in het schuim, anderen werden direct door de golven opgeslokt. De mond van de vrouw was verdwenen. Een van de ogen dreef weg. Veel snippers kon ze al niet meer zien, alsof ze door een overweldigende energie niet alleen onder water gedompeld raakten, opgeslokt door de groenbruine zee die ze richting de diepte van de oceaan wilde slepen, maar ook simpelweg door de aanraking met dat mystieke water vergingen, tot stof werden, niet alleen verdwenen maar er nooit waren geweest.

De dag van Zonnegloren

Margriet de Moor

Het was nog donker toen ze merkte dat hij opstond en door de kamer begon te scharrelen.

'Kom terug in bed, Jacques,' mompelde ze. 'Het is nog te vroeg.'

Hij reageerde niet, maar opende op de tast de linnenkast. Hij rommelde tussen het goed.

'Ik moet me wassen,' zei hij.

Ingepakt in haar dekens en lakens voelde ze toch dat het koud was geworden die nacht. Achter de gordijnen hing een eigenaardige stilte. Misschien had het gesneeuwd. De douche begon te ruisen en ze dommelde weer in, hevig dromend.

Toen ze voor de tweede keer wakker werd zat hij aangekleed op het bed. De gordijnen waren opengeschoven.

'Nee, niet die sokken.'

Ze wees knikkend naar buiten. In de schemering waren de huizen van de overkant te zien. Er lag een laagje sneeuw op de daken.

'Het is koud. Doe die blauwe aan, jochie. Die dikke wollen.'

Ze kwam uit bed, pakte de sokken uit de la en ging naast hem op de rand van het ledikant zitten. Ze was een dikke vrouw met een gaaf gezicht en waterige, lichtblauwe ogen. Leeftijd onbestemd. Zestig kon, zeventig ook. Terwijl ze hem de sokken aantrok en even met beide handen zijn grote voeten wreef, bleef de man kaarsrecht zitten, kalm voor zich uit kijkend. Ook hij had blauwe ogen, donker en diepliggend.

‘Ga je nu maar scheren,’ zei ze.

Het was bijna acht uur toen ze aan het ontbijt zaten. Ze had sinaasappels uitgeperst en eieren gebakken. Ze reikte hem het broodmandje aan.

‘Hoeveel mag ik er?’ vroeg hij.

‘Zoveel je maar wilt. Eet maar lekker.’

Hij pakte twee broodjes en legde ze naast zijn bord. Terwijl hij een derde begon open te snijden zette zij haar bril op en vouwde de krant uit. Op haar gemak las ze de berichten, allemaal, ze had geen voorkeur. Ze at niets, maar dronk de hele theepot leeg. Zo nu en dan keek ze even op en ontmoette zijn ogen. Hij zat stevig te kauwen, zijn gezicht een en al beweging.

Deze grote man had altijd goed gegeten. Hij was gulzig van aard. Zo jong als ze was geweest had ze dat meteen begrepen. Met zulke handen. Met zo’n brede mond. ‘Deze zomer trouw ik met haar!’ had hij uitgeroepen, met onheilspellende vrolijkheid de familiekring rondkijkend, en het gansje werd de richting van twee elegante schoonzusters opgeschoven. Het gansje zat een avond lang op een rechte stoel en hield geen oog af van zijn bulderend lachen, zijn drinken, de bloedneus die hij zijn broer per ongeluk stompte, de knipogen die dwars door de eivolle kamer voor haar bestemd waren. Die grote man tegenover haar moest wel de vrolijkste man ter wereld zijn.

Ze keek naar buiten. Het daglicht was wazig. De auto zat onder de sneeuw. Aan de overkant gingen vrijwel tegelijk twee deuren open. Mannen in donkere jassen verschenen. Ze liepen naar hun auto en begonnen de ruiten schoon te vegen. Een van hen had problemen met starten. Daarna bleef de motor lang stationair draaien. Stoom dreef door de straat.

Hij was nu klaar met eten en zat haar aan te kijken met zijn gewone, gekwelde gezicht. De angst van de laatste jaren had zijn trekken scherp gemaakt. Het leek of hij zijn ogen wilde verbergen, zo diep lagen ze in de kassen en naast zijn vroegere fijnproeversneus, nu een hoekige snavel, liepen twee diepe groeven. Zijn mond zat onder de kruimels.

'We gaan zo,' zei ze. 'We wachten nog even tot het spitsuur voorbij is.'

Hij stond op om zijn handen en zijn gezicht te gaan wassen.

'Waar breng je me naar toe?' vroeg hij toen hij weer binnenkwam.

'Dat weet je toch wel? Het is de dag van Zonnegloren.'

Maar natuurlijk begreep hij er niets van. Waarom moest deze jager, deze visser, deze halve zigeuner, begrip hebben voor de vervaardiging van asbakken? Voor de gloeiend hete oven waarin ze gebakken werden? Voor de rode verf waarmee ze door hem beschilderd moesten worden?

Hij dacht even na.

'Ik wil bij jou blijven,' zei hij.

Ineens voelde ze zich hevig schuldig. Niet omdat ze hem naar het dagverblijf bracht, hij was er niet slechter af dan thuis. Maar het was haar onnozelheid. Vanochtend bekroop haar het gevoel dat haar eenvoud misdadig was. Waarom kon ze zijn spoor niet volgen? Waarom kon ze niet met zijn ogen zien? Wat was de verschrikking waar hij niet mee kon leven?

'Ik kom je vanavond weer halen, lieverd,' zei ze hulpeloos.

Breed stond hij voor haar. Ze hielp hem in zijn jas. Voorzichtig leidde ze hem over het tuinpad. Toen ze rondliep om de ruiten vrij te maken leek het of de kleine auto helemaal opgevuld was met een in elkaar gedoken vogel. Twee ogen volgden haar bewegingen met het onbegrip van een dier.

Ze reden het dorp uit. Naast de weg lagen de witte, doodstille landerijen. Herinnerde hij zich de schoten, de spanning, de triomf? Als hij thuiskwam legde hij zijn buit met de bebloede haren, de bebloede veren, in de schuur. Hij was heel handig in het villen en plukken. De dieren kwamen netjes bij haar op het aanrecht. Een nederige offerande. Ze was altijd goed geweest in het bereiden van wild en het was eeuwig zonde dat hij al jaren weigerde welk dier dan ook te eten.

Ze reed behoedzaam. Er was weinig verkeer, maar het zou hier en daar glad kunnen zijn.

'Kijk, Jacques, wat mooi,' zei ze toen ze de plassen naderden.

Hij staarde even naar haar profiel.

De smalle weg was niet meer dan een dijk tussen de meren. Een omfloerste zon gaf de lucht en het water de glans van metaal. In de verte hadden de dorpen nauwelijks contouren. Mooi, inderdaad, voor wie dit kon zien. Ze schrok even van een onverwachte gebeurtenis: een zwerm vogels scheerde met wilde geluiden over de weg. Boven het water verspreidden de dieren zich wat, maar bleven bij elkaar. Plotseling waren ze weer verdwenen. Feilloos. Vastberaden. Volkomen op de hoogte van hun positie binnen de ruimte en binnen de tijd.

Hij was haar man. Ze kende het ritme van zijn ademhaling. Ze rook zijn geur. Zonder opzij te kijken wist ze hoe de schaduwen op zijn gezicht vielen. Het gevoel van rampzaligheid was terug, nog erger dan zo-even thuis. Want ze vermoedde dat het niet alleen zijn tegenwoordige geheimzinnigheid was die haar buitensloot alsof ze tot een andere planeet behoorde. Hij was haar altijd vreemd geweest. Zelfs, juist in de nachten waarin hij haar met zijn lichaam overmande.

Met wie had ze haar leven doorgebracht?

Het liep tegen tienen. Fel zonlicht brak door. De plassen links en rechts begonnen te schitteren als spiegels.

Er waren een paar winters geweest dat ze niet zwanger was. Ze hadden hier geschaatst. Ze was voor hem uit gereden, heel wat sneller dan hij, voor het eerst superieur. Midden op die vlakte, onder een hemel die sneeuw en storm beloofde, met die ploeterende demon achter zich aan, had ze haar lichaam tot in de kleinste moleculen voelen veranderen. Ze wist zeker dat ze mooi was. Zo mooi als het riet en het ijs en de diepe zwartheid die onder haar glansde. De hele combinatie was volmaakt. Ze schrok niet in het minst van zijn greep toen hij haar toch te pakken kreeg en haar zo hard kuste dat haar lippen barstten en gingen bloeden.

Aan het begin van het volgende dorp waren stoplichten. Het uur waarop men boodschappen doet was nog niet aangebroken. Langzaam reden ze door een lege straat met gemoderniseerde winkels. Overal was neonlicht aan. Ze merkte dat hij om zich heen begon te kijken: inderdaad verscheen op de hoek het kleurige uithangbord van de snoepwinkel.

'Wil je wat lekkers, Jacques?'

Hij knikte verheugd. Ze parkeerde, liep om de auto heen en hielp hem uitstappen. Voor de etalage overlegden ze. Uiteindelijk koos hij een simpel chocoladefiguurtje. In de winkel moesten ze wachten tot de verkoopster klaar was met het rangschikken van een rij witte bonbons in de vitrine, maar werden toen heel vriendelijk geholpen. Het chocoladefiguurtje werd in een uitklapbaar doosje gepakt en aan hem overhandigd. Over de toonbank heen glimlachten de beide vrouwen naar elkaar. Maar hij aarzelde om te vertrekken. Hij liep om en nam de verkoopster even apart.

'Het is mogelijk dat mijn jas net langs die zuurstokken is gestreken,' verklaarde hij. 'In ieder geval stond ik er erg vlakbij. Misschien is het niet verstandig om ze nog te verkopen.'

Terug in de auto begon hij direct te eten. Het waren maar een paar happen. Ze pakte alvast de schone zakdoek en reikte hem die aan zodra hij klaar was. Met samengetrokken gezicht veegde hij zijn handen af, zijn polsen en ook nog elke vinger apart. Daarna legde hij de handen terug op zijn knieën en bleef ze met zijn kin op de borst bekijken.

Ze keek met hem mee. De handen lagen daar als zware, onbekende voorwerpen. Toen overkwam haar iets ontstellends: ze had het gevoel dat ze hetzelfde zag als hij. Medelijden schoot door haar heen, fel als lichamelijke pijn. Ze wilde zijn hand grijpen, maar hij trok terug en wierp haar een blik toe, zo openhartig en gruwelijk dat haar adem stokte. Even meende ze de werkelijke angst op te vangen.

'Laten we gaan,' fluisterde ze.

Ze startte, schakelde ruw en de auto schoot weg.

Het dorp ging bijna zonder onderbreking over in het volgende. De smalle weg sneed hier als een kartelig mes door de maatschappelijke standen: rechts bevonden zich de buitenhuizen in hun parken met oude bomen, links de arbeidershuisjes, leunend tegen elkaar, met achtertuintjes die uitkwamen op de vaart. De middenstand was eenzijdig van samenstelling. 'Wasserij', 'Chemisch reinigen', 'Was-o-matiek' vermeldden de gevels. In dit dorp moest ontstellend veel gewassen worden.

Voor het hotel stond een rij auto's. Witte linten en witte bloemen waren aan de antennes bevestigd. Mensen, kleurig als vogels, daalden het bordes af.

Ze wees.

'Kijk, Jacques, een bruiloft.'

Ze hoopte dat hij de kerk die een paar honderd meter verderop tussen de landhuizen in stond zou vergeten.

Maar zijn scherpe ogen hadden de open zijdeur al opgemerkt.

'Ik wil biechten,' zei hij.

Het had geen zin tegen te werpen dat hij deze week al een keer in de kerk geweest was. Dat hij vorige week twee, drie andere kerken bezocht had. Dat iedere geestelijke in de verre omtrek inmiddels op de hoogte moest zijn van zijn geheime verhaal.

De dikke laag grind knerpte onder hun voeten. In het portaal was het ijskoud, maar eenmaal door de zware draaideur was het aangenaam. Je kon voelen dat het hier goed geïsoleerd was. De dingen die hier gebeurden ontsnapten niet, maar bleven hangen in de vorm van geur. En ook de geur verschaalde niet.

Ze liepen door de zijbeuk en kwamen bij een deur van waarachter zachte geluiden opklonken. Voetstappen. Getinkel van vaatwerk. Ze klopte. 'Ja?' werd er geroepen. De deur ging open en er verscheen een jongeman in een rode trui.

Hij keek de man en de vrouw vragend aan.

De man stak zijn hoofd naar voren.

'Ik moet de pastoor hebben,' zei hij.

'Ik ben de pastoor,' zei de ander vriendelijk.

De man zweeg even en herhaalde toen: 'Ik moet de pastoor hebben.' Hij voegde eraan toe: 'Ik moet biechten.'

De blik van de jongeman gleed weg van het tweetal en dwaalde door de kerk. In een van de zijmuren waren een paar deuren met bovenruiten van glas in lood.

'Wacht maar even,' zei hij tegen de man en verdween weer. De deur liet hij op een kier staan.

Verrassend snel was hij terug, in toga en wit superplie. Terwijl hij de paarse stola om zijn hals schikte beduidde hij de man hem te volgen. De vrouw sloot zich bij hen aan.

De priester opende een van de deuren. In de kleine donkere ruimte stonden een stofzuiger, een stapel boeken met rode kaft en wat stokken waaraan slappe fluwelen zakjes waren bevestigd.

De priester bukte zich en begon alles te verwijderen, ook de boeken die eigenlijk niet echt in de weg stonden. Ten slotte kwam de knielbank vrij. De man, die onbeweeglijk had staan wachten, en de priester verdwenen ieder door een deur.

Ze ging zitten in een zijbank. Het was doodstil. Ook van achter de deuren drong geen enkel geluid door. Haar ogen dwaalden rond en bleven rusten op de icoon in de nis voor haar: ze keek naar de vertrouwde afbeelding van de gekruisigde man met de bebloede handen, de bebloede voeten.

Wanneer was het begonnen? Misschien wel tien jaar geleden. De laatste tijd herinnerde ze zich dat hij zich op de dag van zijn pensionering heel vreemd had gedragen. Er was een mooi feest voor hem aangericht. De wethouder had een toespraak gehouden. Over zijn grote verdiensten voor het dorp. Over zijn onmisbaarheid, eigenlijk. Ook waren er enkele toespelingen op de laatste oorlogswinter. Zijn moed. Zijn sluwheid. Dat niemand de schuilplaatsen in het veen zo goed had geweten als hij.

Ja, er was mooi gesproken. Maar Jacques was te dronken geweest. Jacques was na afloop ruzie gaan maken. Een vriend die hem de hand wilde drukken, had een paar gemene scheldwoorden naar het hoofd gekregen en was stomverbaasd afgedropen. Ach, deze doodgoeie man had niet afgedankt willen worden. Dat was het geweest.

Ineens klonken er vlak boven haar een paar aarzelende klokslagen. Elke klank riep een nieuwe, luidere klank op. Er werd een kolom van geluid op haar hoofd gestapeld. Een kolom van triomfantelijk gebeier. De bruiloft... Voor in de kerk verscheen een man in een grijs pak die de kaarsen in de enorme kandelaars begon aan te steken.

De deuren naast haar klapten open. Ze wendde haar hoofd om. Ze zag de zich snel verwijderende priester en de gebogen gestalte van haar man die op haar wachtte. Onveranderd.

'Kom,' zei ze luid fluisterend. 'Nu moeten we toch echt opschieten.'

Bij de uitgang spreidde hij zijn handen één voor één in het bekken met water.

Het was bijna elf uur. In de auto was het behaaglijk warm. Intiem. Bijna als in bed. Deze tochten waren helemaal niet onplezierig. Ze keek naar de bomen langs de dorpsweg. Het waren berken van een zeldzaam soort, die met hun brede witte stammen wel iets weg hadden van platanen. Over een kwartier zouden ze in de stad zijn.

'Zit je lekker, Jacques?' vroeg ze vriendelijk.

Eerst reageerde hij niet, maar toen ze onderzoekend opzij keek mompelde hij: 'Ik voel me niet goed.'

'Wat is er dan? Wat heb je?'

'Ik ben misselijk.'

Ze schakelde terug, maar aan stoppen viel hier niet te denken.

'Blijf maar rustig zitten. Het gaat zo wel weer over,' bezwoer zij.

Maar ineens begon hij te zuchten, begonnen zijn handen om zich heen te zoeken, te tasten naar de deur en naar de pluizige stof van haar jas.

Toen ze een plein op reed, speurend naar een plek om te parkeren – er was juist schoolpauze en de jongelui gingen geen stap uit de weg – zakte hij met een zacht gebrom opzij.

Ze slaagde erin door de drukte heen te komen en de auto te parkeren. Ze stapte uit en liep naar het andere portier terwijl ze dacht: frisse lucht, hij heeft gewoon frisse lucht nodig. Toen ze de deur opende en zich naar hem toe wilde buigen, viel hij. Ze strekte haar handen uit naar zijn hoofd. Het gewicht van zijn lichaam was ineens enorm.

'Jacques! Jacques!' riep ze verschrikt.

Hij lag half op straat. Gehurkt, haar handen nog steeds rond zijn hoofd, keek ze om zich heen. Behalve een paar scholieren die verderop stonden toe te kijken zag ze niemand. Haar handen zaten ingeklemd tussen de warmte onder het haar en de ijzige straatklinkers.

Er arriveerde een jongeman op de fiets. Hij stapte vastberaden af, alsof hij had geweten waar hij moest zijn. Zijn grote, bijna kaalgeknipte hoofd boezemde haar vertrouwen in. Samen legden ze het zware lichaam netjes naast de auto.

De jongeman deed zijn sjaal af en maakte een kussentje voor onder het hoofd. Daarna tilde hij de oogleden op en tastte naar de pols. Ze keek met wijd open ogen toe. Deze uiterst belangrijke handelingen waren kalmerend.

'Mijn man is dement,' zei ze.

De ander scheen even over haar woorden na te denken. Toen richtte hij zich op en keek haar vast aan.

'Uw man is dood,' zei hij.

Het werd een hele drukte. Terwijl ze nog steeds op haar hurken zat en nieuwsgierig in het zomaar dode gezicht staarde, hoorde ze verschillende sirenes naderbij komen. Er werd met deuren geslagen. Deze kant op! werd er geroepen, en: Uit de weg, mensen! Enkele lummels in felgekleurde jacks waren nu toch naderbij gekomen en moesten opzijgaan voor de brancard. Ze pakten hem heel zorgvuldig in, met dekens en riemen, en schoven hem toen met het grootste gemak in de wagen.

Een politieman deed haar overeind komen, en stelde haar een aantal vragen, van persoonlijke aard, waarop zij nauwgezet antwoordde.

Wat raar dat men haar ten slotte verhinderde in haar eigen auto te stappen. Terwijl haar verdriet nog lang niet bovengekomen was. Terwijl niemand zou kunnen beweren dat haar zintuigen niet volgens de voorgeschreven patronen werkten, want kijk: daar, voorbij de kromming van de weg waren de witte landerijen en de witte bomen en de zon, de ijskoude zon boven langgerekte lichtpaarse wolken.

Lees meer van deze auteurs

Simone Atangana Bekono (1991) studeerde in 2016 af aan Creative Writing ArtEZ met een bundeling van gedichten en brieven getiteld *hoe de eerste vonken zichtbaar waren*. In 2018 werd de bundel bekroond met de Poëziedebuutprijs Aan Zee. Zij werd geselecteerd voor het Slow Writing Lab en voor CELA, een talentontwikkeltraject voor schrijvers en vertalers in elf Europese landen. Daarvoor schreef zij in 2019 het verhaal 'Nec mergitur'. Met haar coming of age-debuutroman *Confrontaties* (Lebowski 2020) won zij in 2021 zowel de Hebban Debuutprijs als de prijs Beste Boek voor Jongeren.

J.M.A. Biesheuvel (1939–2020) debuteerde in 1972 met de verhalenbundel *In de bovenkooi*. Daarna volgden talloze bundels, altijd bestaande uit korte verhalen en novellen. 'Het wonder' verscheen in 1995 in de gelijknamige bundel. In 2015 riep *de Volkskrant* het verhaal uit tot een van de mooiste ooit in dit genre. De verhalen van Jacobus Martinus Arend Biesheuvel zijn vaak autobiografisch. Zo schreef hij over zijn ervaringen als matroos, zijn jeugd, zijn depressies en zijn verblijf in wat hij het gekkenhuis noemt. In 2006 ontving hij de P.C. Hooft-prijs. Recente bloemlezingen van zijn werk verschenen bij Uitgeverij Van Oorschot: *Brief aan vader* (2015) en *Schip in dok* (2021).

Martin Bril (1959–2009) schreef jarenlang een van de meest gelezen columns in Nederland, eerst in *Het Parool* en vanaf 2001 ook in *de Volkskrant*. Daarin verscheen op 12 januari 2009 'Bosrand', dat later werd opgenomen in *Het evenwicht* (Prometheus 2011). In zijn scherpe en laconieke observaties maakte hij het alledaagse uniek. Bril was geregeld tafelheer in het televisieprogramma *De Wereld Draait Door*. In *Vrij Nederland* schreef hij het wekelijkse feuilleton 'Evelien', waarvan een succesvolle televisieserie werd gemaakt. Bril publiceerde tientallen boeken die steevast uitgroeiden tot bestsellers. Tot zijn bekendste bundels behoren *Vaders en dochters* (2007), *Rokjesdag* (2010) en *Au revoir* (2011).

Valentijn Hoogenkamp (1986) schreef tien toneelstukken en droeg poëzie voor op Lowlands, de Parade en Oerol. Zijn werk werd bekroond met de El Hizjra Literatuurprijs, genomineerd voor de ITs RO Theater Award en geselecteerd voor Women Playwrights International Stockholm en Interplay Europe Madrid. Hij debuteerde in 2021 bij De Bezige Bij met de roman *Het aanbidden van Louis Claus*, die zeer lovend werd ontvangen in de pers en in *de Volkskrant* en *NRC Handelsblad* vier sterren kreeg. Het verhaal 'Je vader noemt haar Katya' verscheen op fictief magazine *Papieren helden*.

F.B. Hotz (1922–2000) debuteerde opmerkelijk laat. Hij is 53 jaar als zijn verhaal 'De tramrace' verschijnt in het tijdschrift *Maatstaf*. Frits Bernard Hotz is oorspronkelijk jazztrombonist. In de jaren zeventig stapt hij over naar de literatuur. De kritiek is bij zijn debuut zo onder de indruk dat men haast niet kan geloven dat Hotz echt een nieuweling in de letteren was. Zijn merkwaardige verhalen, die vaak in het verleden spelen, bezorgen hem in 1998 de P.C. Hooft-prijs. Thomas Heerma van Voss verzamelde de mooiste verhalen van F.B. Hotz in *Onrustige dagen* (De Arbeiderspers 2019).

Margriet de Moor (1941) debuteerde in 1988 met de verhalenbundel *Op de rug gezien*. Voor deze bundel, met daarin het verhaal 'De dag van Zonnegloren', werd de auteur geprezen om haar stilistische gaven en technische beheersing van het schrijversambacht. Daarna volgde de zeer succesvolle roman *Eerst grijs dan wit dan blauw*, die werd bekroond met de AKO Literatuurprijs 1992. De Moor werd opgeleid als musicus aan het conservatorium en schreef over de muziek in de romans *De virtuoos* en *Kreutzersonate*. Andere beroemde romans zijn onder meer *De schilder en het meisje*, *Mélodie d'amour* en *Van vogels en mensen*. Haar werk wordt in meer dan twintig landen gepubliceerd. In juni 2022 verschijnt bij De Bezige Bij *Meneer en mevrouw God*, een nieuwe verhalenbundel.

Matthijs van Nieuwkerk (1960) studeerde Nederlands aan de Universiteit van Amsterdam. Hij brak de studie af voor een journalistieke carrière bij *Het Parool*, waar hij in 1996 hoofdredacteur werd. Van Nieuwkerk werd vooral bekend van *De Wereld Draait Door*, een van de best bekeken Nederlandse tv-programma's van 2005 t/m 2020. In 1994 richtte hij samen met Henk Spaan het voetbaltijdschrift *Hard gras* op, waarvoor hij ook enkele boeken uitgaf. In 2015 verscheen van zijn hand *Aznavour. De beste zanger die ooit heeft geleefd*. Samen met Rob Kemps bracht hij in 2021 de liefde voor het Franse lied tot een nieuw hoogtepunt in *Chansons!*

Chris Polanen (1963) is dierenarts in Amsterdam-Zuidoost. De in Suriname geboren en getogen auteur kwam op twintigjarige leeftijd naar Nederland en begon te schrijven om met zijn heimwee naar Suriname om te gaan. In 2017 verscheen zijn droomachtige debuutroman *Waterjager* bij Lebowski Publishers. In 2021 volgde zijn tweede roman *Centaur*, die *Mezza* Boek van de Maand werd. Het verhaal 'Vrouw' is een fragment uit *Centaur* en werd opgenomen in de bloemlezing *AfroLit. Moderne literatuur uit de Afrikaanse diaspora* (Pluim 2020).

Heleen van Royen (1965) studeerde journalistiek en werkte als redacteur en verslaggever voordat zij in 2000 debuteerde met de kaskraker *De gelukkige huisvrouw*. Haar debuutroman werd verfilmd en ook internationaal lovend ontvangen. Controversiële romans als *Godin van de jacht* (2003) en *De mannentester* (2009) volgden. Als columniste en literaire provocateur veegde zij de vloer aan met zoetsappige denkbeelden over de vrouw en het huwelijk. *Moeder, dochter, minnares* (The House of Books 2020) is een ode aan leven, liefde en lust. 'De dag dat ik mijn vader en mijn moeder begroef' is het ontroerende hoogtepunt in deze bundel van columns en verhalen.

A.L. Snijders (1937-2021), pseudoniem van Peter Cornelis Müller, maakte furore als schrijver van columns (onder andere bij *Het Parool*) en staat bekend als een van de grootste schrijvers van het zeer korte verhaal, door hem 'zkv' genoemd. Thema's zijn: stad en land, literatuur, kinderen, dieren, tao, taal en filosofie. Aanvankelijk deelde hij de korte verhalen met een select gezelschap, per e-mail. Vanaf 2006 worden ze gebundeld in boekvorm uitgegeven door AFdH Uitgevers. De laatste drie bundels zijn *Tat Tvam Asi* (333 zkv's uit 2019-2020), *Doelloos kijken* (198 zkv's uit 2017-2018) en *Vijf bijlen* (335 zkv's uit 2007-2008).

Tobias Wolff (1945) groeide op in het noordwesten van de Verenigde Staten, waar veel van zijn verhalen zich afspelen. Hij werd opgeleid tot paratroeper, diende bij de special forces in de Vietnamoorlog en schreef daarover in *De kazernedief* en het autobiografische *In het leger van de farao*. Zijn verhalen zijn meermalen bekroond, onder meer met The Story Price en de PEN/Faulkner Award. 'Kogel door het hoofd' verscheen in Nederlandse vertaling in *Hier begint het verhaal* (Atlas Contact 2010). In deze verhalenbundel grijpt hij de lezer bij zijn nekvel met verhalen over oorlog, moraal, eenzaamheid en liefde.